HISTOIRES NATURELLES

TEXTE ET DESSINS

PAR

AVEC UNE PRÉFACE

DE

DURANDEAU

PARIS

GALERIE DU THÉATRE-FRANÇAIS, PALAIS-ROYAL

HISTOIRES NATURELLES

CIVILS ET MILITAIRES

ÉVREUX, IMPRIMERIE DE CHARLES HÉRISSEY.

HISTOIRES NATURELLES

CIVILS ET MILITAIRES

TEXTE ET DESSINS

PAR

ÉMILE DURANDEAU

AVEC UNE PRÉFACE

DE

THÉODORE DE BANVILLE

PARIS

TRESSE, ÉDITEUR

GALERIE DU THÉATRE-FRANÇAIS
PALAIS-ROYAL

MDCCCLXXVIII

A MES AMIS

Ce livre est dédié.

ÉMILE DURANDEAU.

PRÉFACE

Paris avait fait depuis bien longtemps une
célébrité aux scènes qu'Emile Durandeau vient
de réunir dans ce volume. Elles y sont tout
entières, oui assurément, comme texte; mais,
comme l'artiste les avait vues et campées en
dessinateur, et les disait, les jouait en parfait
comédien, on n'en trouverait pour ainsi dire ici
que le thème, si Durandeau n'avait pris soin de
les commenter, de les animer, de les faire vivre
par des dessins naïfs, spirituels et rapides, qui,
autant que cela est possible, fixent sur le papier
sa verve et sa mimique d'improvisateur. Encore
y manque-t-il les harmonies, les effets de voix,
les intonations qui par leur variété inattendue

peignent une situation et un personnage; mais
ceci est la partie *musicale* de l'œuvre, que la tradi-
tion seule peut conserver et qu'elle conservera,
car des milliers de rapins s'en vont déjà par le
monde, récitant avec la plus bouffonne exactitude,
et sans y changer un dièze, les extraordinaires
discours du sergent Vermoulu et du fusilier Bridet.

La CHARGE d'atelier tient une grande place chez
nous, car elle avait inventé le Réalisme bien avant
que les romanciers n'imaginassent de le renouveler
d'après Diderot, Mercier et Restif de la Bretonne;
et mettant en scène ou des personnages réels que
la loi nous défend de traîner sur le théâtre, ou
bien ces types étranges et horribles que Gavarni
a esquissés d'un crayon farouche, mais auxquels
le roman ose à peine toucher, et que la convention
dramatique repousse absolument, les Mélie aux
têtes tragiques bouleversées par des pensées
enfantines et les Polyte en rouflaquette et en cravate rose, elle est à certains moments la comédie
d'Aristophane, dans un temps et dans un pays où,
faute de poésie, la Comédie ne sait pas et ne peut
pas tout dire.

La CHARGE, en effet, ressemble à la Comédie, et
cependant elle en est à mille lieues, car, tandis que
la fille de Molière en est réduite à nous amuser

par des lieux communs plus ou moins subtils, sa
sœur exprime avant tout la vérité prise sur le fait,
violemment saisie et traînée dans la lumière.
L'artiste, le peintre, qui a vu une scène ou un
personnage d'un comique particulier, et qui pour
s'apprendre (étude qui dure toujours!) à imiter
le mouvement, l'accent, la fugitive manifestation
de la vie, les a dessinés au vol, veut ensuite leur
donner le verbe, la parole, les exprimer par le
langage, qui est, en somme, la traduction suprême
de tout. Alors devenu poëte, acteur et mime, il
représente, il joue le personnage et la scène qu'il
a vus, mais avec la sauvage exactitude que lui
donne l'habitude d'observer, avec sa science du
pittoresque, avec la force d'idéalisation qui est en
lui; et ces comédies enflammées, il les joue pour
un public d'artistes pareils à lui, façonnés à tous
les ordres d'idées, qu'aucune réalité n'effraie,
habitués à suppléer des ellipses grandes comme
le monde, et pour qui la grimace, la parole, le
geste peuvent se mêler ou se succéder, sans qu'il
perde un moment le fil du récit bouffon et tragique.
Mais comme tous les Paris différents se tiennent
et se pénètrent, et comme l'idée jetée dans l'un
d'entre eux se communique aux autres comme le
feu d'une traînée de poudre, la CHARGE créée dans
l'atelier de Joseph Bridau passe bientôt de là chez

Coralie ou chez Madame Schontz, puis chez Mati-
tifat, puis chez Nucingen, et, par une série de
pérégrinations qu'on devine, arrive enfin chez
Madame d'Espard et Madame de Maufrigneuse.
Puis, comme les gens du monde veulent tenir
tout à la portée de leur main, et trouvent plus
simple d'avoir sur leur toilette un flacon d'essence
de rose que de cueillir les roses, après avoir obtenu de l'artiste qu'il jouât devant eux les charges
qu'il avait improvisées, puis redites de souvenir
pour lui et pour ses seuls amis, ils exigent un beau
jour tyranniquement que ces œuvres, essentiel-
lement destinées à rester orales et à voltiger sur les
bouches des hommes, soient clouées sur le papier,
cadavres de papillons aux ailes fantastiques, et
soient emprisonnées dans un volume qu'ils pren-
dront et laisseront à leur fantaisie. Voilà comment
les scènes d'Henri Monnier ont été imprimées na-
guères, et comment celles d'Emile Durandeau sont
imprimées aujourd'hui, ornées les unes et les
autres de croquis par lesquels le dessinateur se
délasse d'avoir tenu la plume, que Méry appelait
avec raison le plus lourd de tous les outils.

Puisque la CHARGE entre ainsi, un peu violentée,
dans le domaine de la littérature durable, il faut
donc dire un mot de son histoire ! Elle est vieille

comme le monde, comme l'Ironie, car elle a été
en tout temps la protestation, la vengeance et la
revanche de l'opprimé, du déshérité, du vaincu,
de l'esclave, contre ses maîtres implacables. Après
avoir tiré la langue au tyran dès qu'il a tourné la
tête, sa victime trouve tout de suite le désir, l'idée
de le contrefaire et le génie nécessaire à cette
imitation. C'est la haine qui crée le bouffon et le
mime! aussi l'invention des charges ne saurait-
elle s'arrêter tant qu'il y aura des écoles, des
colléges, des régiments et autres agglomérations
d'enfants et d'hommes, où le maître parle et agit
comme il lui plaît, sans qu'il soit permis de lui
répondre. Aux premiers âges de notre théâtre, les
comédiens furent d'excellents bouffons et sati-
ristes; car alors, soupant de la fumée des cuisines,
buvant à plat ventre l'eau des fontaines, réduits à
se parer d'oripeaux bizarres, de plumes tordues
par la pluie et de morceaux de verre colorés en
rubis et en émeraude, ils subissaient la pitié et le
caprice des seigneurs, et, pour l'amour comme pour
tout le reste, ils étaient souvent obligés de se nour-
rir d'illusions et de vivre de l'air du temps. Natu-
rellement, ils se consolaient en contrefaisant les
Amadis qui possédaient en réalité les festins, les
vrais draps d'or, les vivantes lèvres de pourpre;
mais aujourd'hui ils ont complétement perdu cette

faculté simiesque; et pourquoi l'auraient-ils gardée ? Affranchis, considérés, considérables et surtout riches, les acteurs, devenus les égaux de tous ou du moins de tout ce qui n'est pas pauvre, sont intéressés au maintien de tout ce qui existe et n'ont plus aucune envie de tourner en ridicule les violences, les usurpations et les lieux communs qui gouvernent les hommes. En les caressant de son aile palpitante, le souffle frais et pur de la Liberté a guéri toutes les fièvres qui les dévoraient, y compris la fièvre du génie.

La CHARGE est donc morte parmi les acteurs; mais elle ne peut mourir ni au collége ni au régiment, tant qu'il y aura des pions féroces, des sergents capricieux comme Schahabaham, et des majors brûlés d'un enthousiasme religieux pour l'absinthe et le jeu de dominos. Les exemplaires de ces deux derniers types disparaissent tous les jours pour faire place aux sous-officiers et officiers instruits, distingués, bien élevés et justes; cependant il en reste encore assez pour que la légende se perpétue et se renouvelle. D'ailleurs, elle est déjà un peu comme un souvenir du passé, et on raconte à la chambrée les exploits de Vermoulu et de Bridet, comme ceux de Charlemagne et de Roland. Mais il ne faut voir en ces farces abraca-

dabrantes rien d'anti-patriotique ni d'hostile à
l'esprit militaire. Comme tous les êtres unis par
une destinée commune et par une solide amitié,
les soldats se moquent volontiers d'eux-mêmes et
des leurs ; mais bien mal avisé serait le pékin
naïf qui voudrait reprendre après eux la plaisanterie ; il jouerait à ses dépens la fable de l'Ane et
du petit Chien. Le militaire, qui raille ses chefs et
les déguise en personnages comiques, se ferait
alors tuer pour eux, et s'alignerait rien que pour
le numéro de son régiment.

La CHARGE, cette comédie improvisée qui ne
demande ni texte écrit, ni costumes, ni décors,
s'est conservée aussi, et dans toute sa gloire, chez
les artistes. Eux aussi, cependant, ils sont devenus riches, comme les comédiens ; ils gagnent
de l'argent et ne forment plus une classe de parias ;
toutefois, ils n'ont pu se mêler sincèrement aux
philistins et en épouser les idées ; il n'a pas pu y
avoir d'amalgame sérieux entre ces deux métaux
de nature trop différente. L'artiste a beau être
membre du cercle des Mirlitons, vendre des toiles
fort cher et défiler au bal de l'Elysée avec un habit
irréprochable orné d'ordres et de plaques, il ne
résiste pas au plaisir d'imiter un spéculateur obèse
ou filiforme, un triomphateur de l'Hôtel des Ventes,

2

et de dialoguer, avec une verve endiablée, un croquis pris sur le vif. Sous ce rapport, il n'a pas
changé, en dépit de ses paletots magnifiques, et
sous la pompeuse barbe de Léon de Lora on voit
toujours grimacer le sourire infernal et joyeux
du rapin Mistigris.

Emile Durandeau a été, je crois, le meilleur
inventeur, acteur et diseur de CHARGES; il avait
pour cela toutes les raisons possibles. Très-jeune
à l'époque où il commença à en amuser ses amis,
il était, avec son teint rosé, sa belle chevelure
blonde, et ses larges yeux bleus à fleur de tête,
spirituels, fûtés et naïfs, infiniment plus jeune
que son âge, et il y avait en lui quelque chose du
gamin de Paris, du Gavroche, qui trouve des mots
étonnamment profonds, en assemblant deux morceaux d'assiettes cassées pour en faire des casta-
gnettes. Mais il avait été soldat en Afrique, dans
les zouaves; il avait vécu sept ans avec ces faiseurs
d'exploits, braves comme des lions, agiles comme
des singes et blagueurs jusqu'au sang; et là, il
avait fait tous les métiers d'un artiste au régiment,
improvisant et jouant sous la tente des scènes à
mourir de rire, composant pour un colonel ami
des arts des albums d'aquarelles stupéfiantes;
peignant, à dix sous la pièce, des portraits que les

zouaves envoyaient à leur bonne amie en tête
d'une lettre, et qui parfois montèrent, dans une
journée, au chiffre de soixante, et inventant, pour
être chantés en chœur pendant les longues marches dans le sable ardent, des couplets au cayenne
et au picrate, à emporter la gueule d'un four. D'ailleurs soldat charmant et détestable, il était l'orgueil et le désespoir de ses chefs, s'entendait
mieux que personne à rouler son turban et à
ajuster sur son cou-de-pied la guêtre blanche;
mais il faisait des fugues, des absences inexpliquées
de deux semaines, et, s'il ne fut pas fusillé toutes
les cinq minutes, il le dut certainement à son
incroyable esprit et à une imperturbable bonne
humeur, qui eût désarmé Tristan l'Hermite en
personne.

Mais en rentrant dans la vie civile, Emile Durandeau qui aimait toutes les belles choses, depuis
les tapis de Smyrne jusqu'aux bouquets de fleurs,
remarqua, non sans un douloureux étonnement,
que ses goussets étaient vides. Sa mère, qui souvent lui avait envoyé au régiment ses économies,
lui eût donné tout et le reste; mais son père,
quoique fort riche, tenait la bourse fermée, car il
était imbu des idées anciennes, et pensait qu'un
jeune homme *doit manger de la vache enragée*, s'il

ne se contente pas de trouver chez ses parents le
repas et l'abri quotidiens. Dormir et manger, ce
n'est pas vivre, et il fallait vivre; c'est alors que
notre zouave se rappela qu'il était né dessinateur,
acheta quelques crayons lithographiques, et pro-
digua dans les journaux ses caricatures d'une
fougue éperdue et d'une si étonnante furie. Tout
le monde a vu le Frédérick en don César de
Bazan, dont l'ombre portée figurait un coq irrité;
le Baudelaire en proie au cauchemar, tombant de
son lit de sangle les pieds en l'air, au milieu des
monstres chimériques créés par sa fièvre; la classe
de M. Prudhomme et l'abominable Polyte, avec
ses moustaches en roupie, faisant le beau comme
un petit chien à côté de sa compagne géante. On
voit que pour devenir l'inventeur de ces CHARGES
célèbres, Durandeau avait pris tous les grades;
je ne jurerais même pas que, par passe-temps ou
par bravade, il n'ait pas un peu joué la comédie.
En tout cas, il était comédien à coup sûr, poëte
et dessinateur, quand il récitait et jouait avec une
verve surprenante, inépuisable, aux mille formes
inattendues, les Scènes qui viennent d'être réunies
dans ce volume.

On les a comparées à celles d'Henri Monnier,
et cette comparaison était inévitable; cependant

rien en somme ne se ressemble moins, et les manières de procéder des deux artistes sont précisé-
ment le contraire l'une de l'autre. C'est par l'exactitude des détails, par la fidèle reproduction des
circonstances les plus banales, par la note vulgaire
appuyée jusqu'à produire en nous l'agacement et
l'ivresse, que Monnier arrive en somme à une
intensité vertigineuse et à un effet presque surna-
turel; tout au contraire, c'est par l'excessif, par
l'exagération, par le grossissement de tout, par
le déchaînement de la plus violente fantaisie que
Durandeau arrive à produire la complète illusion
de la réalité, et les deux systèmes se valent, puisqu'ils savent créer l'un et l'autre une puissante et
solide harmonie. Je me ferai mieux comprendre
peut-être en racontant ici, en guise d'apologue,
une anecdote qui me revient à la mémoire. Il y a
de longues années de cela, nous étions réunis,
tout un nombre d'écrivains et d'artistes, à Mar-
lotte, sous la tonnelle, mangeant à belles dents
le détestable dîner de la mère Antony. Quand
le rôti arriva, il se fit parmi nous tous un
grand mouvement de curiosité, car il avait été
convenu que la salade serait assaisonnée ce soir-là
par un jeune Allemand aux cheveux filasse,
peintre spiritualiste et philosophe hégélien, qui
s'était vanté de savoir la faire avec un talent sans

égal. Au milieu d'un silence de mort, le pâle
Werther prit dans ses mains la cuiller et la four-
chette de buis et commença son opération. Tour à
tour il versa l'huile et le vinaigre, goutte à goutte,
avec des soins méticuleux, comme s'il eût été
l'Ange du Jugement mesurant aux pieds de Dieu
le précieux sang versé par un martyr; il avait
délayé le poivre et le sel, comptés d'une main avare
comme celle d'une Parque; il ôtait de la cuiller
un grain de sel, puis le remettait avec une attention convulsive; on eût dit qu'il s'agissait de la
perte ou du salut de tout le genre humain. La
salade assaisonnée, il la retourna sur une sorte de
rhythme lent, endormant, monotone, pareil à
celui de ces musiques arabes qui emportent nos
âmes dans le néant du rêve; puis tout à coup, il
s'arrêta net, comme s'il eût été frappé de la
foudre, et rougissant avec son beau teint de fille,
il s'inclina et fit un geste qui voulait dire : « Goû-
tez-moi ce chef-d'œuvre! » Cette salade était un
chef-d'œuvre en effet, et nous la dévorâmes, tout
en adressant à son fabricateur les compliments
les plus dithyrambiques. Seul le peintre Courbet,
qui se trouvait là, s'abstint de tout éloge, et se
mit à rire comme un dieu, à gorge déployée, dans
sa bonne barbe égyptienne. Puis enfin, sa gaieté
s'apaisa, et tournant vers l'Allemand ses yeux

rusés, pleins d'étincelles : — « Oui, dit-il, on peut
faire la salade comme ça, mais on peut aussi la
faire autrement. Mère Antony, une autre salade ! »
On se mit à fumer des cigarettes en guise d'entr'acte,
puis le second saladier arriva, et on le posa devant
Courbet. Le Franc-Comtois, en manches de che-
mise, se mit à l'œuvre ; prenant les salières, puis
les huiliers, il jeta au vol sur les feuilles vertes,
comme sans calculer, toute l'huile, un énorme flot
de vinaigre, le poivre et le sel en tas, avec la
prestesse et l'insouciance d'un homme qui démé-
nage par la fenêtre, et en quelques tours de
main hardis, nets et précis, avec une grâce
d'Hercule, il retourna sa salade. On frémissait :
il semblait qu'on allait goûter du fer rouge, avaler
des charbons ardents et manger le pavé de l'enfer,
mais quelle n'était pas notre erreur ! Avec son air
d'agir à l'aventure, le poëte d'Ornans avait si bien
médité ses profonds calculs, il avait mélangé ses
quantités énormes de condiments dans une mesure
si exacte, que la salade, lorsqu'on la goûta, parut
à tous inoffensive et extrêmement douce. Il est
vrai que quelques instants plus tard nous sentions
nos bouches brûlées comme par une bonne soupe
à la tortue, mais sans avoir eu du tout conscience
du moment où s'allumait ce délicieux incendie.
Et pour dégager le sens de cette *allégorie réelle*, je

dirai que les scènes d'Henri Monnier me rappellent
la première salade, et que les scènes de Durandeau
ressemblent à la seconde.

Emile Durandeau est en effet un outrancier; il
grandit démesurément ses modèles, leur prête des
torsions titaniques, et les peint en pleine pâte
avec les plus riches couleurs de la palette; mais
de toutes ces exagérations se dégage un résultat
inattendu : la fidèle réalité ! Ses bourgeois joueurs
de dominos semblent jouer une partie commen-
cée depuis le déluge, à travers les migrations des
peuples et les écroulements des empires; son capitaine faiseur de cirage bat le noir de fumée et les
œufs de l'épicier Vincent dans le vinaigre de l'épicier Dupont, avec la furie de Xerxès foucttant la
mer; ses Mélie et ses Françoise Chauveau passent
échevelées et désespérées comme les maîtresses
de Don Juan; son mélomane récite, au lieu de
les chanter, les *la-i-tou* d'une tyrolienne sans commencement ni fin, avec une voix qui fait envoler
les aigles, et lorsqu'on entend parler Isidor
Bougrand, fils d'un tailleur d'habits, auprès du-
quel Cléante, fils d'Harpagon, est un fils pieux et
respectueux, il semble que la voix d'un gigantesque
dieu Pan, ivre de joie, ait crié par trois fois au
milieu de la nature éperdue : « La famille est

morte ! » Les sergents et les caporaux que Durandeau a pour jamais enfermés dans un poste idéal,
sont des colosses de bêtise, et à travers leurs crânes
devenus transparents on voit voler et se cogner,
avec des rages d'aveugle, d'immenses hannetons
en délire. Et cependant, malgré les dimensions
outrées, tout cela est amusant et cocasse, tout cela
est vrai; si vrai que Mélie, si innocente en son
vice et du fond de sa prison ne pensant qu'à gar-
nir la bourse de Tatave, nous arrache des larmes.
Mais eux les Tatave, les Bec-Salé, tous ces An-
tinoüs du ruisseau, ces monstres à accroche-cœur,
comment la vue en serait-elle supportable, si en
les peignant l'artiste ne nous réjouissait par d'ex-
travagantes élégances de dessin, et par de triom-
phantes symphonies de couleur? On dira qu'il
ne fallait pas les peindre ! Eh bien ! si, car si le
Roman et la Comédie ont des domaines limités
par la convention, la CHARGE peut réclamer tout ce
qui est humain, et elle ressemble à l'effronté
sylvain qui penche son œil curieux sur les marais
enveloppés de vapeur où rampent les hydres horribles. D'ailleurs, si les grands auteurs comiques
ont déroulé devant nous les scènes de la Comédie
humaine, n'est-il pas curieux de voir l'envers,
les coulisses, la machination de ce théâtre, et le
puissant Amour parisien, qui crée des héros et

des actions sublimes, serait-il suffisamment carac-
térisé par ses duchesses, par ses de Marsay et ses
Lucien, par ses merveilleuses courtisanes, si à
leurs pieds, dans la boue, nous n'avions vu grouil-
ler les Mélie et les Polyte, qui en sont l'effrayante
caricature ? Ne faut-il pas que nous nous rappelions
toutes les misères, toutes les démences, toutes les
horreurs, pour que le désir de l'action ne s'éteigne
pas en nous, pour que nous ayons le souci toujours en éveil d'un état social où tout doit être
transformé, et pour que la salutaire pitié ne cesse
pas d'étreindre et de torturer nos cœurs ?

Je reviens bien vite à nos CHARGES, à nos caricatures. Comme les vrais créateurs, grands ou
petits, Emile Durandeau se souciait fort peu de
son œuvre et, volontiers, ne l'eût pas imprimée ;
mais, comme je l'ai dit, le public jaloux ne permet
plus aujourd'hui que l'artiste garde rien pour lui
seul. Se faisant l'interprète d'un vœu général, le
jeune comédien Coquelin cadet arrangea l'affaire
avec son ami regretté M. Tresse, si bien que
l'improvisateur de *Civils et Militaires* se trouva
écrivain et auteur sans l'avoir voulu. Le livre
était vendu, annoncé, il fallait bien l'écrire ; mais
Durandeau, qui n'avait jamais manié que le crayon
et le pinceau d'aquarelle, allait-il pouvoir fixer

avec une plume le geste, l'intonation, les grimaces
excessives qui étaient la vie même de ses Scènes ?
Il y avait de quoi effrayer le plus habile des
stylistes; cependant cette chose impossible, j'estime que Durandeau l'a faite et bien faite. Il avait
pour lui la sincérité, et cette qualité plus précieuse
encore, l'ignorance du danger, grâce à laquelle
les peuples enfants imaginent des récits épiques,
et qui permet au petit pâtre de gravir, en chantant
sa chanson, les chemins de chamois taillés dans
le roc, sans se laisser aveugler par les étincelantes
splendeurs des abîmes.

THÉODORE DE BANVILLE.

Paris, mars 1878.

ISIDOR BOUGRAND

FILS D'UN TAILLEUR D'HABITS

A mon beau-frère, mon ami Jacques Daguerre.

3

ISIDOR BOUGRAND

FILS D'UN TAILLEUR D'HABITS

CHER PÈRE,

Toujours la même rengaine, toujours des reproches..., des gémissements!.. je finis par en avoir ma claque !

Pour en finir, je vais te dire — bien franchement — ce que je pense. Tu sauras alors à quoi t'en tenir. J'espère bien qu'après ma... confidence, tu me ficheras la paix une bonne fois !

Depuis que je suis au monde, on dirait, sur ma parole, que tu t'es acharné après moi.

Tous mes ennuis viennent de toi et de ta femme, — de maman ! Et cela est tellement vrai — que, lorsque je viens chez vous (*tu me rendras cette jus-*

tice : c'est que je n'y viens que lorsque je ne peux faire autrement), lorsque je viens chez vous, — j'en sors abruti ! — oui, abruti ! ·

Au bas de l'escalier, je fais ouf ! !

Eh bien ? — est-ce naturel ? — Je m'en rapporte à toi !

Est-ce que je t'ai demandé à venir au monde ? Ça t'a fait plaisir à cette époque-là. — Ta femme (maman) te plaisait... chacun son goût — c'est ton affaire ! — Mais, moi — moi ! je n'y suis pour rien !

Tu dis maintenant : Si j'avais su ! — La bonne folie ! — avale la pilule... débauché !

Je suis plus sincère que toi, moi Isidor ! Quand je fais des bêtises, — est-ce que je te les reproche ?

Tu me rases avec l'argent que tu as dépensé pour moi depuis ma naissance. — D'abord tu étais bien forcé de le faire ! — Je n'ai pas, dis-tu, profité de l'éducation que tu m'as donnée.

Encore une bonne, celle-là !

Est-ce que par hasard je me suis roulé à tes pieds en te suppliant de me traîner au collége, moi qui aurais donné un doigt de pied pour que le feu prît en même temps dans toutes ces ménageries !

Non, vois-tu, tu n'en sortiras pas ! Ah ! tu veux que je te parle franchement ? Eh bien ! je vais t'en fourrer de la franchise.

Veux-tu que nous parlions argent ? Ça y est !

Tu sais le monde que je fréquente ? M'as-tu jamais rencontré dans de sales quartiers, — toi qui arpentes Paris dans tous les sens comme un lapin vidé ?

M'as-tu jamais aperçu autre part qu'au « Riche », au « Helder », « au Grand-Café, » « à la Cascade » ?

Non... dis-le !

Eh bien ! sois juste et sincère — une bonne fois dans ta vie !

3.

Qu'est-ce que tu veux que je fiche avec tes malheureux mille francs que tu m'allonges en grimaçant tous les mois ?

Ah ! si tu veux que je fasse ma société des employés de ministères, du télégraphe, du mont-de-piété, ou bien encore des calicots et même des... coupeurs de ta maison...

C'est différent ! — alors, parbleu, j'en ai assez — un mot de plus et j'en ai trop. Je te rendrai de l'argent !

Mais j'ai d'autres idées et je me dois à moi-même de *flirter* (ça t'épate ce mot-là : toi pas connaître ?), de flirter un peu plus haut !

Je suis galbeux autant qu'un autre, et je ne vois pas pourquoi je resterais dans mon fiacre, alors que des gens qui ne me valent certainement pas vont de l'avant et... à grandes guides.

Seulement, ceux-là ont des parents... intelligents ; ou bien — les veinards — ils n'en ont plus !

Je t'ai toujours fait honneur !

Quand tu donnes ce que tu appelles une... soirée à tes marrons sculptés d'amis (quelle collection !) — est-ce que je ne me dépense pas ?.. Je fais la charge de Brasseur, de Gil-Pérez, enfin j'anime ton boui-boui.

Je fais polker leurs guenons de filles ; je fais

tout ce qu'il est possible de faire, et tout ça... à contre-cœur.

Pendant le siége, est-ce que j'ai fichu le camp ? — est-ce que j'ai fait partie de la fameuse armée de la Loire dont tous les francs-fileurs qui sont rentrés ont fait partie, à ce qu'ils disent ?

Non ! tu le sais bien. J'ai même obtenu la médaille militaire comme ambulancier de la garde nationale sédentaire.

J'ai fait, enfin, ce que tu n'as jamais su faire — et c'est toujours moi qui ai tort !

Tu me dis (car ce n'est pas tout, as pas peur !) : « Je t'habille, par-dessus le marché. » Mais... ne te fais pas de bile. — Je n'y tiens pas ! — Un mot de plus, j'en ai assez de tes... ajustements — j'allais dire de tes frusques.

Donne-moi une lettre pour Dusautoy, et tu remarqueras si je dérange souvent tes... confectionneurs, coupeurs, couseurs, pompiers (c'est le mot, n'est-ce pas ?), suçonniers, etc., etc.

Non, tu es en retard, mon bonhomme ! Ancien jeu — pas dans le mouvement !

Quand on sort de ton... établissement, de ta manufacture, on a l'air d'arriver de Pézenas.

Rentre celle-là, mon bonhomme, elle est de trop.

Et puis, voyons — là — sans nous fâcher ! —
est-ce propre ce que tu as fait dernièrement ?

Comment ! je t'envoie des clients : trois de mes
amis : Hector Curcubin, Raoul de Moulenfeu, Fari-
nier de Brianroc, trois garçons chics !

Eh bien, sans se faire moquer d'eux, ils ne peuvent mettre les... (comment appellerais-je ça ?)...
les... vêtements que tu leur as fait confectionner
dans les prisons sans doute, car cela n'a pas forme
humaine.

Alors ils les usent à la campagne, et encore les
jours où il ne vient personne.

Toi, alors, tu n'as rien de plus chaud que de leur
envoyer leurs notes, leurs factures, leurs... bor-
dereaux... Je ne sais pas comment vous appelez
ces choses-là, vous autres !

Tu es cause que j'ai été eng... attrapé par ces
messieurs... je ne te dis que ça !

Je ne savais plus où me fourrer ; c'est fatal, mais
c'est toujours sur moi que ça retombe !.. Enfin !..

Je te l'ai déjà dit : tu me compromets, et cela
d'une façon bête !

Encore une chose :

Suis-je assez flatté de m'appeler Bougrand ! tu
me diras : ça n'est pas de ma faute ; tu ajouteras :

mon père était un honnête homme (il n'aurait plus manqué que ça, c'eût été le rêve, alors !) mon père, lui aussi, s'appelait Bougrand, et... avant lui, mon grand-père, et... ainsi de suite.

Chouette lignée !

Non ! ce n'est pas ta faute, mais ça y est.

Seulement, non contents de ça, vous me gratifiez d'un prénom ! — à prendre avec des pincettes ! ! — Isidor ! I-sidor ! ! ! pourquoi pas Polycarpe, pendant que vous y étiez ?

Toujours moi qui ai tort, n'est-ce pas ?

Eh bien, moi, *Isidor*, je vais te parler à cœur ouvert, et, — à mon tour, — te donner un conseil.

Ça ne sera pas long ; je ne suis pas un raseur, moi !

Tu as assez travaillé ! Vends ton fonds, emmène ta femme (maman), et allez vous enfouir dans une bonne campagne, un peu loin.

Un petit jardin, des choux, des navets, des carottes, etc., etc., etc., un peu de tout, enfin.

Le soir, vous vous raconterez vos petites affaires ; vous ferez... ce que vous voudrez ; vous vous coucherez de bonne heure, fripons ! et vous n'aurez pas une minute d'ennui !

Après tout, à votre âge, vous n'avez pas besoin de grand'chose.

Que vous faut-il ?

Voyons ! Pour tous les deux ?

Ah ! mon frère, vas-tu me dire.

Eh bien ! mon frère... fourrez-le en apprentissage là où vous serez. Il n'est pas malin. Il s'amusera n'importe où.

Moi, je resterai à Paris, ça va sans dire.

Puisque tu auras vendu ton fonds, tu pourras augmenter du double ma petite pension.

Avec de l'ordre, je pourrai faire figure et me tirer d'affaire.

Si, en quatre ans, je n'ai pas gagné trois cent mille francs, cinq cents, peut-être huit cents... est-ce que je sais ? c'est que je serai un imbécile !

Heureusement que je n'en suis pas un !

Tu vas me demander par quels moyens ?

Je ne suis pas embarrassé, je te prie de le croire : d'abord l'hôtel des ventes, — j'adore les bibelots, — on collectionne, on entasse... ferme ; puis, un jour, on fait afficher : « Vente de la collection Bougrand » (quel sale nom !) ; alors cela vous campe un homme carrément, on passe dilettante, amateur... artiste, et Isidor se fait un de ces sacs !.. — Je ne te dis que ça !

Si tu ne réussis pas? vas-tu ajouter. Eh bien, j'ai autre chose, va, pauvre vieux! ne t'inquiète pas.

J'ai les book makers, les paris de courses !

Pour ça, c'est affaire à moi. Je connais à fond toutes les écuries.

Ça ne marche pas encore (tu le vois, je te fais la part belle !). V'lan ! J'ouvre un skating-rinck, un vrai alors, pourri de chic, un louis d'entrée les jours ordinaires, cinq louis les mercredis — un orchestre ! dirigé par Halanzier, Victor Hugo, Mac-Mahon, Métra, etc., etc., etc.

Là on se casse la gueule au bénéfice de Bibi, de ton Isidor, et ton... Isidor (sale nom !) lève une femme à tout casser. Alors mariage, transports, joie suprême, délire, enfants, larbins, chaise de poste, car... zut ! pour les chemins de fer ! tout le monde s'en sert... excepté Isidor !

Eh bien ! qué qu' t'en dis, ma vieille branche ?

Je suis de la nouvelle école, moi ; fourre-toi ça dans la trompette !

Quand tu viendras à Paris, crois-tu que je te ficherai à la porte ?

Non pas, mon vieux.

Moi, toujours le même. Tu viendras me voir une

fois ou deux par semaine, et je te ferai faire *la noce*, comme on dit dans ton milieu.

Tu me diras : Ma femme me suffit ! Voilà qui te regarde, — chacun son goût ; — c'est possible, après tout. D'abord, rien ne m'étonne ; mais... fais-y attention, si tu mords à la grappe... c'est peut-être moi qui serai forcé de t'arrêter... voluptueux !..

Tu m'as demandé de la franchise.

En voilà !

Je n'ai pas deux manières d'agir, et je croirais te manquer de respect en ne répondant pas comme il convient à ta lettre, qui, du reste, est d'un bête à faire fuir... un bec de gaz.

Cela ne m'empêche pas de t'embrasser, ma pauvre vieille, et de te prier de dire bien des choses à ta femme (maman).

Ton

IsIDOR BOUGRAND.

(sale nom !)

P. S. — Ah !... encore un mot. — Je t'en prie, ne me salue plus dans la rue, surtout lorsque tu as ta « toilette », (ta toilette !! quelle ironie !)

Je suis forcé, en ce cas, de tourner la tête et faire semblant de ne pas te reconnaître.

Ça doit t'embêter d'abord, et, moi, ça me désoblige infiniment.

S'il te reste un peu de jugeotte, tu dois le comprendre.

I. B.

LE CIRAGE

A Coquelin cadet.

LE CIRAGE

. Tenez ! une des choses qui ont le plus embêté Vigouroux... satané Vigouroux va !.. la crème des hommes... et grincheux, et médisant, et potinier ! la crème des hommes quoi !.. *(Reprenant.)* Une des choses qui l'ont le plus embêté, c'est la façon dont les cuirs et basanes étaient entrrretenus dans mon escadron.

Quand je voulais lui mettre la mort dans l'âme, je lui disais : « Cap'taine Vigouroux, regardez vos hommes et regardez les miens, vous verrez s'ils sont astiqués de la même façon. C'est-à-dire qu'il n'y a pas de comparaison, comme il y a de la différence, c'est criant quoi !.. » *(Rrrachh !)* Je n'ai jamais vu qu'une fois un homme pétrifié : c'était à la dernière revue d'inspection. Le général comte de Saint-Taudion est resté abasourdi ; il suffoquait devant les chaussures du deuxième escadron !

4.

Il est vrai que je fais mon cirage moi-même; et pour ça, cap'taine, faut se lever de bonne heure.

Tenez ! oh ! ce n'est pas un secret; la dernière fois que j'en fis, nous garrrnisonnions à Lille (de fatale mémoire) (*Rrrachh !*) Je dis à mon cuirrrassier :

Vandermufl', à cinq heures — me réveiller, — si je t'envoie promener... insiste, tête de pioche! Et le lendemain, nous filions simultanément, lui me suivant à cinq pas, avec un panier. Pour lors, (*Rrrachh!*) nous traversions, — vous me suivez, n'est-ce pas? — nous traversions la place d'armes, nous enfilions la rue Esquermoise, nous tournions à gauche. Je trouvais là une fichue petite place... avec une fontaine et, au coin, la boutique d'un nommé... Dup... Dupont... Dupont... Dup... Vincent! un nommé Vincent épicier, — jamais levé cet animal-là! —

Nous cognions, moi et Vandermufl', à défoncer la boutique; enfin, j'achetais là deux sous de vinaigre. Jamais content ce sauvage-là! Comme cette brute de Vigouroux : sale nature, mais quel vi-

naigre ! Je n'en ai jamais trouvé de semblable
depuis... ça vaut le voyage.

Pour lors, (*Rrrachh !*) je renfile la rue Esquermoise, je retraverse la place d'armes, (Hurlant.)
j'entrrre comme un boulet dans la rue Nationale —
tout du long, — aïe donc ! Je laisse l'hôpital à
gauche, je tourne à droite — vous me suivez, n'est-ce
pas ? — et je trouve là une fichue petite place...
toujours une fontaine et au coin la boutique d'un
nommé... Vinc... Vincent... Vincent... Vinc...
Dupont ! Un nommé Dupont épicier. Jamais levé
non plus cet être-là ! (Impérativement.) « Vandermufl',
crève la porte, aïe donc ! » Aïe donc ! et j'achète deux
sous de noir de fumée ; jamais, je peux le dire, je n'ai
trouvé de noir de fumée comme chez cet animal-là !
Mais dam' jamais content, toujours comme Vigouroux : sale nature ! mais quel épicier !

Ah ! vous voilà donc, je suppose, avec votre
vinaigre et votre noir de fumée : vous achetez des
œufs où vous voulez, je m'en fiche comme de vous
et moi — et vous rentrez chez vous.

Là, vous prenez un pot ; vous avez bien un pot
chez vous ?.. dites donc... si vous n'en avez pas,
allez vous promener !.. un pot ! — un pot de la capa-
cité d'un képi ancien modèle !.. Vous flanquez dedans vos œufs, votre noir, votre vinaigre, puis vous
prenez un bâton... je ne sais pas si je me fais
comprendre... un bâton ! ce n'est cependant pas

difficile de prendre un bâton, un bout de bois, si vous aimez mieux. Vous voilà donc avec votre bâton et votre képi. (Se reprenant). Votre pot! Alors, vous vous mettez à tout brésiller, vas y donc ! mais... vas y donc ! Il ne faut pas lâcher, voilà le secret. Il faut, ce que nous appelons, obtenir une liaison. Ainsi... la dernière fois, je commençais, après avoir fait mes achats, à six heures du matin ; à quatre heures de l'après-midi j'y étais encore — et je n'avais pas lâché. Anna me faisait manger avec une cuillère ! seulement, (Montrant sa botte avec satisfaction) voilà ce que j'obtiens !.. (Avec un haussement d'épaules) est-ce que ça ne vaut pas mieux que d'aller au café ? allons donc !..

PAPAS

À *Aurélien Scholl.*

PAPAS

BEAUVILAIN, DUPLASTRON.

Un petit café de vieux rentiers ratatinés. — Une partie de dominos est engagée.

BEAUVILAIN, remuant les dés.

Finissons-en, j'en ai assez. Aujourd'hui vous êtes arrogant parce que vous gagnez.

DUPLASTRON, consterné.

Je suis arrogant ?

BEAUVILAIN

Demain ce sera probablement mon tour.

DUPLASTRON

C'est bien possible !..

BEAUVILAIN, l'interrompant.

Je vous ferai observer que vous me coupez toujours la parole, — c'est insupportable. Votre dam-
née politique vous rend impossible, insociable
même !

DUPLASTRON

Mais...

BEAUVILAIN

Laissez-moi donc vous dire une bonne fois ce que
j'ai sur le cœur, car vous semblez mettre de la per-
sistance à me faire départir d'un calme que je
voudrais conserver !

DUPLASTRON

Moi! — Bonté du ciel! —Mais, cher monsieur...

BEAUVILAIN, l'interrompant.

Une fois pour toutes je désire rester tranquille et ne pas me mêler des choses publiques. Je suis, — croyez-le bien, — un homme d'ordre, et je marche par le cœur et par la pensée avec le gouvernement qui me régit — quel qu'il soit! Entendez-le bien, monsieur Duplastron! — quel qu'il soit !

DUPLASTRON

Je n'ai jamais...

BEAUVILAIN, l'interrompant.

Si, monsieur. — Maintenant, achetez du pétrole si cela vous convient, et incendiez tout le quartier — cela vous regarde; mais, monsieur Duplastron, retenez bien ceci, — je-ne-se-rai-ja-mais votre complice. — Moi! je brûle de l'huile ! — cela me suffit. — Maintenant, si vous voulez ma tête, prenez-la !

DUPLASTRON

Voyons, voyons, il n'est pas question de cela.

BEAUVILAIN, continuant.

Cela ne vous suffit pas ! — Voulez-vous celle des miens ?

DUPLASTRON

Qu'est-ce que vous voulez que j'en fasse ?

BEAUVILAIN

Je n'en sais rien, mais si vous y tenez !

DUPLASTRON

Calmez-vous, au nom du ciel, calmez-vous !

BEAUVILAIN

Alors, finissons-en de cette partie, vous me mettez hors de moi.

DUPLASTRON, respirant.

Enfin !.. à qui la pose ?

BEAUVILAIN

A vous — si vous voulez !

DUPLASTRON

Je ne sais plus où nous en sommes.. — Tirons, voulez-vous ?

BEAUVILAIN

Avez-vous le double-six ?

DUPLASTRON

Non. (Il annonce et pose le double-cinq.) Double-cinq !

BEAUVILAIN

Reprenez votre dé. — Vous ne pouviez pas l'avoir puisque c'est moi qui l'ai. (Il pose en effet le double-six.) Ne commencez pas vos plaisanteries, monsieur Duplastron.

DUPLASTRON, piteusement.

Vous allez, alors, m'empêcher de passer mon double-cinq !

BEAUVILAIN

Alors, jouez sérieusement.

DUPLASTRON

Six-quatre.

BEAUVILAIN

Continuez, je n'en ai pas, — voilà qui vous fait rire.

5.

DUPLASTRON

Double-quatre !

BEAUVILAIN

Quatre-trois !

DUPLASTRON

Trois-cinq !

BEAUVILAIN, dépité.

Allez, allez !

DUPLASTRON, rayonnant.

Double-cinq !

BEAUVILAIN

Allez... allez encore !

DUPLASTRON

Cinq-six ! vous voilà à votre affaire !

BEAUVILAIN

Ne plaisantez donc pas, cela vous sied si mal !..

DUPLASTRON pose successivement tous ses dés.

Ouf ! ! !

BEAUVILAIN

Vous me croirez si vous voulez... je suis enchanté d'avoir perdu, — c'est une leçon dont je me
souviendrai. — Sans vous suspecter, monsieur Duplastron, — j'ai acquis la certitude que lorsque
vous mêlez les dés, j'ai un jeu abominable !

DUPLASTRON

Voyons, monsieur Beauvilain, croyez-vous donc
que...

BEAUVILAIN, l'interrompant.

Je ne crois rien, — je ne veux rien supposer,
je... constate, voilà tout !

DUPLASTRON

Enfin, j'ai gagné !

BEAUVILAIN

Oui. — Oui, mon-sieur Duplastron, vous avez
gagné ! Voici vos trente centimes. — Ah ! — Maintenant que vous êtes satisfait, vous plaît-il que
nous passions à un autre ordre d'idées et que nous
causions de la chose importante qui devrait, — il
me semble, — passer avant tout, et que vous avez
l'air de traiter avec une légèreté sans pareille, —
malgré qu'il s'agisse de l'avenir de nos enfants ?..

DUPLASTRON

Je ne demande pas mieux, monsieur Beauvilain,... mais,... vraiment,... je ne sais comment
m'y prendre pour causer avec vous, — vous me
paralysez, — j'ai peur de vous être désagréable ; —
alors — que voulez-vous ? — je ne dis plus rien !

BEAUVILAIN

Dites tout de suite que je suis un ogre, un avale
tout cru, un...

DUPLASTRON, l'interrompant à son tour.

Non, monsieur Beauvilain, vous êtes un excel-
lent homme que j'estime et que j'aime — je ne
dirai pas comme une mère, mais comme une nièce !
— Seulement, vous êtes un peu vif !.. un peu
irascible et, que voulez-vous que je vous dise ?..
vous me terrifiez ! ! !

BEAUVILAIN

Il est vrai que vous avez souvent l'air d'un imbécile.

DUPLASTRON

Vous voyez bien !

BEAUVILAIN

N'insistez donc plus, et causons sérieusement !
Tâchons d'en finir aujourd'hui, car voilà deux mois
que ce mariage traîne et mon fils, et moi-même,
commençons à en avoir assez ! — Dites-moi votre
prix !

DUPLASTRON

Que je vous dise mon prix ! Quel prix ? Je ne
sais pas ce que vous voulez dire !

BEAUVILAIN

C'est bien clair cependant, — combien donnez-
vous à mon Ernest pour qu'il se charge de votre
fille ?

DUPLASTRON

Vous me surprenez toujours avec vos questions
à brûle-pourpoint ! — Prenons la chose d'une autre
façon. — Voulez-vous ?

BEAUVILAIN

Volontiers ! Combien croyez-vous que j'aie dépensé pour élever mon Ernest et en faire l'homme
que vous savez ?

DUPLASTRON

Il ne s'agit pas de cela, mais...

BEAUVILAIN, vivement.

Comment, il ne s'agit pas de cela? de quoi s'agit-il donc?

DUPLASTRON

Eh bien! et Julie? croyez-vous qu'elle ne m'a rien coûté; et puis, c'est sage, rangé, économe.

BEAUVILAIN

Il ne manquerait plus que ça! — Est-ce que vous croyez que si c'était une traînée, je la donnerais à mon Ernest? — Voyons, dites votre prix.

DUPLASTRON

Ce n'est pas comme ça que j'entendais causer d'une affaire aussi sérieuse!.. Vous me prenez au dépourvu!

BEAUVILAIN

Croyez-vous, par hasard, que j'affublerai mon fils d'une margot sans dot? — N'y comptez pas, monsieur Duplastron, n'y comptez pas. — Dites votre prix! Je vous ferai observer qu'en dehors des

six mille francs promis et... allongés comptant,
mon Ernest a un trousseau — paletots, pantalons,
caleçons, bottines à élastique — en plus, boîtes à
crayons; boîtes à... compas; boîtes à couleur, à
l'eau, à l'huile, au vinaigre, est-ce que je sais?
des choses enfin qui coûtent les yeux de la tête!..

DUPLASTRON

Je ne vous dis pas le contraire; mais, est-ce que
vous vous imaginez que Julie s'en va toute nue
par les rues?

BEAUVILAIN

Monsieur Duplastron, je vous demande comme

un service de ne pas vous ficher de moi. — Si je
croyais votre fille capable de s'en aller toute nue
par les rues, mon premier devoir, si je la rencon-
trais dans la ville, serait de la faire arrêter comme
une fille sans pudeur et, ensuite, de m'en prendre
à vous pour m'avoir fait poser depuis deux mois.

DUPLASTRON

Ne vous emportez pas, c'est une figure!..

BEAUVILAIN

Elle est jolie votre figure!.. Vous plaît-il de
causer sérieusement, oui ou non?

DUPLASTRON

Mais oui, monsieur Beauvilain, moi aussi j'ai
hâte d'en finir.

BEAUVILAIN

Alors, dites-moi simplement : combien donnez-
vous à votre fille?

DUPLASTRON

Un mot, monsieur Beauvilain, un simple mot.
Tout à l'heure, vous m'avez fait ressortir les
avantages de monsieur votre fils; — à mon tour,

voulez-vous me permettre de vous présenter quelques qualités que possède ma fille?

BEAUVILAIN

A vous la pose. (Se reprenant.) Allez, j'écoute.

DUPLASTRON

Ma fille, cher monsieur, — à part ses avantages physiques...

BEAUVILAIN

Oh!..

DUPLASTRON

Quoi? oh!

BEAUVILAIN

Elle n'est pas bossue, mais enfin...

DUPLASTRON

Certainement qu'elle n'est pas bossue, elle est même droite comme un I.

BEAUVILAIN

Parbleu, c'est une planche!

6

DUPLASTRON, consterné.

Une planche!..

BEAUVILAIN

Continuez, — d'ailleurs, puisqu'elle convient à mon Ernest, — car enfin c'est lui qui l'épouse, — mais moi, je peux vous le dire, ce n'est pas mon genre de femme.

DUPLASTRON

Ni à moi non plus.

BEAUVILAIN

Voyez-vous le gaillard!

DUPLASTRON

Enfin, elle est comme ça. — Elle a dix-huit ans, elle se formera.

BEAUVILAIN

Ou bien se déformera. — On voit bien que vous ne connaissez pas mon Ernest!

DUPLASTRON

Qu'a-t-il donc de particulier?

BEAUVILAIN, malicieusement.

Allez toujours, je ne puis vous dire ça : mais la petite aura de l'agrément.

DUPLASTRON

Vous me faites peur !

BEAUVILAIN

Rassurez-vous et dites-moi...

DUPLASTRON, l'interrompant.

Elle est musicienne, elle touche du piano !

BEAUVILAIN

Voilà ce que je craignais. Si vous saviez combien j'ai horreur de ça ! j'aime cependant la musique ; mais, lorsque j'en veux entendre, je vais place des Vosges, aux Tuileries, au Palais-Royal, et là j'écoute la musique d'un régiment. — Je m'en vais lorsque j'en ai assez, et je ne suis pas forcé d'entendre soir et matin les turlututus qu'une pimbêche étudie gauchement.

DUPLASTRON

Enfin, elle touche du pia...

BEAUVILAIN, l'interrompant.

Enfin, enfin, vous n'allez pas me laisser croire que votre fille — à elle toute seule — peut remplacer la musique d'un régiment.

DUPLASTRON

Non, monsieur. Non, certainement non.

BEAUVILAIN

Eh bien ! alors...

DUPLASTRON

Je vous assure, monsieur Beauvilain, que vous me troublez. — Tenez, parlons franchement, les enfants se plaisent, se conviennent, je suis disposé à faire un sacrifice pour le bonheur de ma fille qui ne pense qu'à votre fils depuis cette partie de campagne que nous fîmes il y a deux mois.

BEAUVILAIN

Je crois bien, elle lui faisait des yeux comme un chat au printemps.

DUPLASTRON

Il est certain que monsieur Ernest lui plaît beaucoup !

BEAUVILAIN, avec résolution.

Voulez-vous que je vous dise la vraie vérité? —
Vous voulez vous débarrasser de votre fille, et vous
avez visé mon Ernest. Dites-moi au moins combien
vous voulez lui donner en la mariant?

DUPLASTRON

Vous ne m'en laissez pas le loisir.

BEAUVILAIN

Eh bien! prenez votre temps... combien lui
donnez-vous?.. allons, combien? (Avec découragement,
voyant que Duplastron hébété ne répond rien.) Vous voyez bien
que vous êtes impossible. (S'emportant.) Après tout,
nous ne sommes que des connaissances de café —
de trente-cinq ans, il est vrai; — mais enfin ce n'est
pas une raison pour me lâcher votre fille dans les
jambes; — vous me dites : j'ai une demoiselle,
faites-en votre bru.

DUPLASTRON

Permettez.

BEAUVILAIN

Laissez-moi donc parler, sac à papier, — on
n'entend que vous. (Reprenant.) J'ai une fille, la voulez-vous pour votre fils? — on ne se jette pas ainsi

6.

à la tête des gens. — Je ne vous connais pas, sar-
pejeu ! je ne sais pas si vous avez volé, assassiné
ou même fait faillite. — Vous avez une fille. — Eh
bien ! moi, j'ai un garçon.

DUPLASTRON, abasourdi.

Ah ! ça voyons, monsieur Beauvilain, cela va-t-il
donc continuer ?

BEAUVILAIN

Comment si cela va continuer, mais je l'espère
bien. — Comment entendez-vous donc traiter les
affaires ? — Croyez-vous donc que je vais lâcher
mon Ernest dans les bras de la première guenon
venue.

DUPLASTRON, abruti.

Vous comparez ma fille à une guenon !..

BEAUVILAIN

Non pas, mais enfin vous conviendrez qu'avec
vous on peut perdre patience ! — Voyons, pour
la centième fois,... combien donnez-vous ?

DUPLASTRON

Monsieur Beauvilain, avant de vous répondre,

je vous demande une minute d'attention pour un cas semblable à celui qui se présente pour nous.

BEAUVILAIN

Voyons le cas.

DUPLASTRON

Je demeurais alors rue Barre-du-Bec, ancien septième arrondissement, devenu maintenant le troisième. La rue n'existe plus par suite de...

BEAUVILAIN

Qu'est-ce que cela peut faire à la chose que vous voulez raconter?

DUPLASTRON

Rien, c'est vrai; mais, toujours est-il que voilà un mariage qui s'est conclu promptement.

BEAUVILAIN

Voyons ça.

DUPLASTRON

J'étais lié avec un nommé Bilois, cartonnier, qui demeurait dans la maison que j'habitais; nous nous fréquentions volontiers. Le père de madame Bilois — un homme fort bien, malgré son âge, — venait

souvent voir ses enfants, qui eux-mêmes en avaient
trois. — L'aînée, mademoiselle Pulchérie, était
d'une beauté douteuse, et surtout excessivement
mal faite de sa personne. C'était une travailleuse,
par exemple. Sage, économe, mais d'un caractère
abominable et d'une malpropreté repoussante. —
Elle se prêtait volontiers aux détails les plus abjects
du ménage, et cela avec un dévouement au-dessus
de tout éloge.

BEAUVILAIN

Où voulez-vous en venir avec votre... histoire ?

DUPLASTRON

Vous allez voir : ses qualités la firent bientôt
rechercher par un jeune homme dont le père, ancien propriétaire des anciens terrains de l'ancien
Tivoli ; — la mère... une femme charmante. — J'avais
connu également cette famille, et j'avais fait sauter sur mes genoux le jeune homme, que j'avais
vu pas plus haut que ça. — Comme ça nous recule !..

BEAUVILAIN

Oui, ça nous recule !..

DUPLASTRON

Les deux familles étaient opposées au mariage

de leurs enfants. — Le jeune homme dont le père, ancien propriétaire des anciens terrains de l'ancien Tivoli ; — la mère... une femme charmante. — J'avais fait sauter le jeune garçon sur mes genoux. — Comme ça nous recule!..

Il est bon de vous dire que le jeune homme avait seize ans de moins que la... jeune fille dont la conduite, du reste, était irréprochable. Soit que sa laideur extrême, sa malpropreté sans égale eussent éloigné d'elle les...

BEAUVILAIN

Oui! oui! oui! compris ; finissez enfin.

DUPLASTRON

Bref! le jeune homme dont j'avais, je ne sais si je vous l'ai dit, connu le père, qui était un ancien employé au Mont-de-piété et qui, à force d'économies, avait amassé une petite fortune, puisqu'il était devenu acquéreur des anciens terrains de l'ancien Tivoli; — sa femme... une femme charmante! — Alors qu'il était enfant, j'avais fait sauter leur fils...

BEAUVILAIN

Sur vos genoux.

DUPLASTRON

Comme vous dites.

BEAUVILAIN

Comme ça nous recule.

DUPLASTRON.

En effet. — Pour en finir.

BEAUVILAIN

Ah! oui! finissons-en!

DUPLASTRON

Est-ce que ça vous ennuie ?

BEAUVILAIN

Non ! mais... sac à papier! finissons-en, finissons-en !

DUPLASTRON

Eh bien, un beau jour le jeune homme vint pour la première fois en visite chez monsieur Bilois. Il n'avait pu, jusque-là, rencontrer la jeune fille que dehors, lorsqu'elle faisait son marché. Les époux Bilois, pleins de sagacité, avaient laissé les jeunes

gens seuls, afin qu'ils pussent échanger... leurs
idées. — Le lendemain ils étaient affichés.

BEAUVILAIN

Je le crois bien !..

DUPLASTRON

A la mairie. N'est-ce pas que c'est extraordinaire ?

BEAUVILAIN

Oh ! oui ! extraordinaire !

PLASTRON

Notez que les familles se détestaient ; que la
fille, avant cette entrevue, ne pouvait pas voir le
jeune homme, même en peinture !

BEAUVILAIN

En peinture ?

DUPLASTRON

En peinture ! et cependant ils ont eu vingt-deux
enfants !

BEAUVILAIN

Vingt deux ?

DUPLASTRON

Vingt-deux, tous jumeaux.

BEAUVILAIN

Comment! Tous jumeaux!.

DUPLASTRON

Oui, tous jumeaux. — Deux par deux. — Pardi, ne me faites pas dire autre chose que ce que je veux exprimer!

BEAUVILAIN

Eh bien! qu'e t-ce que prouve votre histoire?

DUPLASTRON

Rien!—seulement, c'est pour vous dire que nous avons perdu beaucoup de temps pour marier nos enfants et que voilà un mariage qui s'est bâclé bien plus vite — malgré les obstacles!

BEAUVILAIN

Votre histoire est terminée, n'est-ce pas?

DUPLASTRON

Oui.

BEAUVILAIN

Vous en êtes sûr? car, si vous avez encore quelque chose à ajouter, je préfère...

DUPLASTRON, bonassement.

Non, c'est fini.

BEAUVILAIN

Eh! bien, moi! je reprends et, cette fois, répondez-moi catégoriquement. Com-bien-don-nez-vous - à - votre - fille?

DUPLASTRON

Je vous...

BEAUVILAIN, avec emportement.

Combien donnez-vous à votre fille?

DUPLASTRON

Eh bien! je lui donne... mais je vous l'ai déjà dit hier, et vous vous êtes... enlevé... — Je lui donne douze mille francs et son mobilier.

BEAUVILAIN

N'en parlons plus. Vous êtes un pingre!

7

DUPLASTRON

Eh! bien!.. tenez, je vais jusqu'à quinze mille?

BEAUVILAIN

C'est dégoûtant, vous me répugnez.

DUPLASTRON

Faites un effort de votre côté!

BEAUVILAIN

Je ne peux pas!

DUPLASTRON

Pourquoi ça?

BEAUVILAIN

Parce que, moi, j'ai des passions; vous n'en avez plus, vous.

DUPLASTRON, piteusement.

Qu'est-ce que vous en savez?..

BEAUVILAIN

Vous n'en avez plus, ça se voit bien.

DUPLASTRON

Ça se voit?..

BEAUVILAIN

Parbleu ! — Voyons, qu'est-ce que vous voulez que ces jeunes gens fricotent avec... six et quinze.... avec vingt et un mille francs ?

DUPLASTRON

Eh mais ! ils feront comme nous, ils travailleront.

BEAUVILAIN

Ils travailleront ! — Bien, mais mon Ernest a une santé délicate ; cela, du reste, par sa faute, car il était taillé comme un hercule ; mais, les excès de toute nature, les femmes surtout, lui ont joué plus d'un mauvais tour. — C'est même à cause de cela que je le marie. — Voyons, père Duplastron ; un bon mouvement, allez jusqu'à vingt mille. — Tenez, j'ajoute deux mille de mon côté.

DUPLASTRON

Vrai, je ne le peux pas. Il faut bien que je pense un peu à moi, que diable ! Je suis vieux ; ma fille établie, il ne me restera plus grand'chose.

BEAUVILAIN

Allons donc, vieux farceur ! vous ne vous feriez pas couper les oreilles pour soixante mille francs.

(Tapant sur la table.) Une idée : Je reprends les deux mille francs que je viens d'ajouter tout à l'heure, cela va sans dire, et je vous joue cinq mille francs aux dominos.

DUPLASTRON, abasourdi.

Cinq mille francs aux dominos !

BEAUVILAIN

Oui, cinq mille francs ! (Avec orgueil.) Je crois qu'on en parlera dans le quartier.

DUPLASTRON

Ça ne se sera jamais vu !

BEAUVILAIN

Cela vous va-t-il ?

DUPLASTRON, résolûment.

Oui, ça me va !

BEAUVILAIN

Nous allons passer pour des fils de famille.

DUPLASTRON

Non, compère, nous passerons pour des pères de famille. (Il mêle les dés.) Tirons !

BEAUVILAIN

Double-cinq!

DUPLASTRON

Double-six! Cette fois, c'est bien à moi la pose.

7.

LA CHOPE

A A. Millaud.

LA CHOPE

Vingt-cinq tringlos ! En effet, quels beaux moments nous passâmes avec ce brave cap'taine Vigou-

roux, mon ami et subordonné. (Gaiement.) Toujours en
colère c't animal-là ! Sans raisons, mais... toujours

en colère... quelle belle nature!.. et envieux !.. jamais
il n'a appris la promotion d'un camarade sans faire
une maladie... Sa dernière jaunisse lui vint juste à
l'époque de ma nomination au grade de chef d'es-
cadrrrons qui concorrrde dirrrectement avec celle de
mon mariage, que le diable emporte *(rrrachh!)*,
puisque c'est aussi la date de la seule maladie qui
m'ait rrravagé !

Oui! c'est ce grincheux-là qui vint me dire un
beau matin : « Fortempeigne, marie-toi si tu veux
passer commandant. Il faut en finir, Fortempeigne. » — « C'est bientôt dit : Marie-toi ... Et,
avec qui, sacrebleu! je ne connais seulement pas
une cantinière de vacante !... Au fait, réflexio-
nai-je, si je convolais avec Anna? Voilà une
femme qui suit le régiment depuis dix-huit ans.
Il n'y a pas un off'cier du rrrégiment qui ne
la connaisse... une bonne fille... ça y est, va te
promener ! »

Je profite d'un changement de garnison: nous
quittions Vendôme, pour Lille en Flandre. Pour
lors, je dis à cette puberte : Ma fille *(rrrachh !)*, je
t'épouse. Pas de réflexions ! Il n'est que temps.
Fiche ton camp devant nous et attends-moi à
Hazebrouck, où nous convolerons ! il y a sé-
jour.

Fectivement, je l'épouse comme du chien. Elle

refile devant, à Lille où nous arrivons deux jours après, harassés, pleins de poussière... une soif!!!

Bref, j'entre dans un café, j'avale prrrécipitamment deux ou trois chopes... peut-être quatorze. Vlan, aïe donc *(rrrachh!)* Eh bien ! aussi vrai que je m'appelle Forrrtempeigne... j'avais la rougeole...

Cet animal de Vigouroux se fichait de moi que j'en crevais de dépit. J'ai consulté... non-seule-

ment le major de l'escadrrron, mais tous les apothi-
caires de la ville ; oh ! c'était parbleu bien la rou-

geole. Cette satanée bière à laquelle je n'étais pas
habitué qui m'..... Enfin, me voilà donc marié...
avec la rougeole.

C'est là où j'ai vu le dévouement vraiment
extraordinaire de ma femme ! ! ! Ces brigands de
médecins m'ont martyrisé ; ils m'ont fait avaler de
la *mitraille d'argent*. Ils m'ont purgé avec de l'*huile
d'Henry cinq*, avec de l'*eau Sterlitz*, est-ce que je
sais?... quoi!... *(rrrachh!)* Eh bien ! pour me faire
boire, cette mâtine d'Anna avalait devant moi la
moitié au moins de toutes ces drogues-là... Comment! mais si je vous disais qu'elle en a avalé plus
de quinze jours après ma guérison, rien que pour

me faire honte ! Le major m'a dit : « Par exemple,
Fortempeigne, méfiez-vous ! tenez-vous chaude-
ment ! » Aussi... maintenant... lorsque je prends un
bock... je passe ma capote !... et je m'en trouve
bien !

MÉLIE

A Paul Arène.

MÉLIE

à Monsieur
Gustaves Viaud
rantié
chez Monsieur Ourliers
Marchand de vin-Logeur
a PARIS BOULEVAR PICAL

Faubourg Saint-Denis, le 10 janvier 1869.

C'est seulement aujourd'hui que je peux t'écrire, mon Tatave, et voilà dix jours pleins. — C'est à

8.

confondre ! Oh ! ce que j'ai souffert !.. non, tu ne

le sauras jamais ! — Il faut, vois-tu, avoir l'âme en
cuir pour qu'elle n'ait pas éclaté.

Si encore j'étais coupable ! Mais, si tu savais !

Oh ! cet homme ! l'agent en bourgeois !.. Tu sais si jamais je t'ai poussé à te battre, vieux chien. Mais celui-là, si tu le rencontres, vas-y de tout cœur !

Moi qui le croyais ton ami ?.. Malgré tout, j'ai eu la lâcheté de lui demander qu'il te prévienne de mon enlevage... Un mot chez Constant ; c'était pas la rougeole à attraper. Mais ouish ! compte là-dessus... Alors toi, Tatave, comment as-tu appris la chose ?.. Qui ça et comment qu'on te l'a racontée ? Voilà ce qui m'inquiète et qui me ronge !

Oh ! j'en suis sûre, tu m'as accusée. Ne dis pas non ! Je te vois d'ici, pauvre Tatave !

Et puis, par là-dessus, je te savais sans le sou depuis notre brouille. Cependant, le mercredi, je t'avais fait passer douze francs par *Bec-Salé*, qu'est venu à la maison me demander de ta part pour que je lui remette ta cravate orange et ta casquette de marin. Ça m'a un peu rassurée ! Pourvu encore qu'il te les ait remis, ces pauvres douze francs. Oh ! oui, car celui-là a quelque chose... Si c'est un poivrier, il a de la politesse. Quand il est arrivé, j'avais quinze francs et des sous. Je voulais t'envoyer tout ; alors il me dit : Donne voir. Et, sans rien dire, il se tire les pattes, puis il revient bientôt en me remettant trois francs et six sous. — J'veux pas que tu restes sans le sou, qu'il me dit encore. Et

figure-toi, il avait rapporté du mêlé dans un cara-
fon, et nous avons trinqué à notre rebonnetage
avec toi, mon Tatave ; alors je m'ai mis à pleurer ;

ça l'a embêté, et il se la court encore !.. Pas un
geste, pas une indécence ! rien enfin, parole d'honneur..

Je parle toujours de moi, Tatave, mais c'est toi
qu'est ma plaie ! Bon Dieu ! que vas-tu devenir...
Sans reproches, dans les derniers temps, tu fré-
quentais de la flippe !.. Le beau Nantais et sa
société... Tais-toi, je le sais ! Vois-tu, tu es trop
facile à entraîner ! Comme ils savent que tu es posé
à Montmartre, ils voudraient se faufiler à la *Reine-
Blanche.* Ils te feraient remarquer et tu danserais
de toutes leurs consommations... et tout le temps

encore... Oh ! ce n'est pas pour mon sac que je
parle, c'est pour ta dignité, vieux chien !

Tatate, mon Tatave, pardonne-moi si je *renaude;*

d'abord, c'est affreux ce que je souffre. Oh ! oui,
va ! je puis le dire, je souffre le martyre. L'interne
m'a dit ce matin à la visite de huit heures : —
Défends-toi, ma fille, défends-toi, ou ta maladie te
fichera par terre. — Et c'est un bon garçon, va ! pas
beau ; il a un nez comme le mien... mais il est bon.
Il m'apporte des cigarettes de camphre pour m'amuser, et il m'a prêté un très-beau livre : « *Souvenirs*
d'un voyageur péruvien dans le Zuiderzée, ou la Hol-
lande en 1863, orné de planches, avec un portrait et
un fac-simile de son écriture. » Je vais essayer de le
lire, quoique je relis huit ou dix fois la même chose
sans rien comprendre. C'est-à-dire que je crois que,
quand même ça se trouverait Timothée Trimm ou
Henri de Kock, ça serait la même chose !

Mais je parle toujours de moi, malgré que j'ai
tant de choses à te dire de toi, Tatave !

Dis donc ? tout le monde qui me disait que j'étais
heureuse de savoir tout ce que je sais !... Ils ne
savent pas que je ne sais, pour ainsi dire, rien
que d'être malheureuse ! Ou bien alors je suis bien
maladroite pour arriver. — Du reste, à quoi ça
sert-il, l'éducation ? Quel malheur !

C'est dans des moments comme celui-ci qu'on
voudrait cependant se faire comprendre !.. surtout
de toi, Tatave, qu'est si distrait. — Tiens, laisse-
moi te dire ce que j'ai pour toi. Je t'aime, vois-tu
bien, comme un bon Dieu ! Comme j'aimais le

dimanche quand j'étais *aux assistés*, et que j'étais choisie pour chanter les premiers versets !.. Tu t'en fiches, toi, parce que tu ne sais pas, et puis parce que tu es fort et spirituel ; mais, vois-tu, c'est encore des choses !.. Enfin ! je sais bien ce que je dis... Oh! si jamais je sors de là, je te raconterai un tas de bêtises ! Il faut être ici, vois-tu, pour penser à tout ça ! Tu riras, je le sais bien, parce qu'il y a aussi des malices, je l'ai bien vu, mais !.. enfin tu verras que c'est fait pour pleurer de bonnes larmes qui font du bien !.. Ma foi oui !..

Si j'amais tu reparles à cette grue d'Angèle, — et je le saurai, ne t'inquiète pas — je te jure que je te ficherai un flacon de vitriol à la figure, et à elle aussi, et moi, je m'asfixerai. Qu'est-ce que ça me fait?.: Ah! mon Dieu !.. Mais non ! je t'en prie à genoux, mon Tatave, mon Tatave à moi seule, je suis bien malade, si tu savais... mes pauvres dents tremblent toutes !... mes oreilles me font un bruit! et je suis molle ! Mais je guérirai, oh! oui, va !.. monsieur l'économe me l'a bien dit, parce que, vois-tu, le médecin en chef ne vous répond jamais, il a peut-être raison... il est bon pour moi, lui aussi, il m'a ordonné un sirop pour me faire dormir, et la sœur m'a dit : « Mâtin ! on vous soigne, la petite ! » — Elle est quelquefois méchante, la sœur, mais elle est rigolo tout de même. L'autre jour elle se disputait avec une autre de la salle Sainte-Gudule, et elle lui a dit : « Allez

vous promener ; j'aime mieux mes filles que vos
voleuses. » Elle parlait de la cinquième division !
En voilà des sales femmes, si tu voyais.

Je dois à Mme Juscou 27 sous pour mon ar-
riéré de mon ménage ; paye-la donc cette vieille
pieuvre !

Que je t'aime, va ! — Toi aussi, pas vrai ?

Dis au père Chaubourg que je vendrais plutôt
mes cheveux que de lui faire tort d'un sou.

Veux-tu que je te le dise, Gustave ? Je voudrais
(bon Dieu, comment te dire ça ?), mais ne te fâche
pas ; d'abord, à quoi ça te servirait-il ? Tu ne peux
pas m'atteindre ici. Et puis, vrai, ça me ferait tant
de plaisir que tu veuilles !..

Voilà : j'aimerais mieux que ce soit lui, le père
Chaubourg, qui, au lieu de toi, prenne en dépôt
mes pauvres petites machines : mon écossais, ma
robe de moire, etc., etc.

Ce n'est pas que je me défie de toi, mon Tatave,
mais tu peux les vendre, t'es si faible, ou bien on
te les prendrait, mes pauvres frusques ; et d'ailleurs, à vendre, ça ne vaut pas vingt francs ! Je lui
écris de te les donner ! Je lui dis que t'as vendu
pour moi une bague qui venait de ta famille, de
ton oncle ? Comme il sait que nous nous sommes
brouillés, je lui dis que je ne veux rien te devoir !
Je sais qu'il ne t'aime pas, pauvre chien ! et il fera

ce que je lui demande. Comme ça me coûte, ce mensonge-là !..

Enfin ! pour que tu aies ta braise, je lui dis : C'est fini, père Chaubourg ; nous n'avons l'un pour l'autre que de l'estime ! Vas-y donc de confiance, mon Tatave, tu seras bien reçu ; mais ne l'esbrouffe pas ! Tu sais, il la fait à l'honnêteté. Aussi, vieux chien, payons tout ce que je dois pour que nous soyons estimés.

Tu vas voir !.. quand je sortirai d'ici !.. Je les veux collants, tes pantalons, collants comme ceux à Jules. Pourquoi pas, notre argent vaut bien celle des autres ? et je frime aussi bien que sa demoiselle. (Malheur !)

Maintenant, pour moi, fais-moi une petite complaisance. Tu trouveras dans un bas, à gauche, dans le tiroir du haut, un paquet de reconnaissances. Elles sont signées, de sorte que tu peux les porter au père Pommier, qui te prêtera dessus ; lui aussi te remettra vingt francs, je lui écris pour ça. Mon Tatave chéri, je sais bien que les hommes ne peuvent pas vivre de l'air du temps ! Tu m'enverras donc à moi aussi vingt francs, ça te paraît peut-être beaucoup. Car tu sais qu'ici nous avons à peu près tout ce qu'il nous faut. Oh ! dame, nous ne sommes pas à plaindre... Mais, vois-tu, il y a un tas de petites complaisances à avoir pour être bien avec les sœurs et aussi avec le monde ! Et puis, la tisane qui n'est pas assez sucrée ; des bêtises, quoi !..

Sophie sortira jeudi. Je l'ai chargée de t'embrasser ! Est-elle heureuse, bon Dieu du ciel !

Tiens, j'étouffe tant que je pleure !

Ta MÉLIE pour la vie.

LE MÉLOMANE

A Georges Rochegrosse.

obtenu à nos réunions, où on ne manquait jamais de
me faire chanter. Si je l'avais voulu, j'aurais pu
gagner cent mille francs à Feydeau. Chollet qui, à
un degré inférieur, avait comme moi ce que nous
appelons la Tyrolienne, me dit une fois : « Fortempeigne, vous eûtes tort si vous le pûtes. » Mais au
fond il n'était pas fâché de me voir sous les dra-
peaux.

Je n'ai cependant jamais étudié ! je vous éton-
nerais si je vous disais que je ne sais pas une note
de musique. Du reste... ça ne fait rien à la chose
puisque je passe les airs !..

Elevé aux enfants de troupe, j'ai attrapé à cinq
ans une coqueluche qui, je dois le dire, ne s'est
jamais guérie, qui a même empiré. Mais vous allez
voir quelle méthode. (*Rrrachh !*)

> Viens, ô ma campagne,
> Viens avec moi sur la montagne,
> Faire pâlir le Rossignol
> Qui bientôt reprendra son *viol*

(A part.)

Pour rimer avec rossignol. C'est à prendre ou à
laisser ; moi, il me faut la rime riche. Ça tient de
famille !..

(Répétant.)

> Qui bientôt reprendra son viol,
> Et rougira — oiseau envieux
> De nos accents mélodieux !
> La itou — la itou — la la — ta la la — ta la la
> La la — la la — la la — la itou la la — la itou.

(*Insistez.*) La itou la la — la itou la la — la itou!..
(*Rrrachh!*) la itou la itou la la rrra la la !

Je vois d'ici Vigouroux — du reste, il en est cre-
vé. — Aimez-vous... comment appelez-vous ça...
ah ! Freichusse ? Freichusse ?... Robin des bois,
mon triomphe, ça...

> Chasseur diligent,
> Quelle ardeur te dévore,
> Tu pars dès l'aurore,
> Le cœur content.

(Sur le ton du commandement et en suivant le rythme connu du
chœur du chasseur de *Robin des bois*. Le tout sans chanter.) Tra la —
tra la — tra la — la la — tra la — tra la la — tra la — tra
la — tra la, la la la — la la ! — trra la la a a a a la ! tra là !
la a a a a la — tra la la — tra la — la la. — En chœur : tra
la — tra la — tra la la la — tra la la — la la — tra la la —
tra la — tra la — la la la — tra la la la !

Vous me direz tout ce que vous voudrez, mais il
n'y a encore que la musique allemande !

LE BAIN

A Auguste Pellet.

PERSONNAGES

CHACORNAC, cantinier.
BRIDET, aide de cuisine.

LE BAIN

CHACORNAC

Oui, Bridet, c'est comme je me fais l'honneur de
te le dire : je ne sais pas si elle en reviendra ! —
Satané bain !

Que toi, simple imbécile, tu ne saches rien de
rien, c'est tout naturel et même, ça fait plaisir...
rien que d'y penser. Mais moi! moi, Chacornac!
cantinier au deuxième bataillon du soixante-
treizième de ligne, ne pas savoir ce que c'est qu'...

Après ça, tu me diras que, malgré tout ce que je
sais... je ne suis pas architecte, ni même indubi-
table !

(Brusquement.) Toi, Bridet, sais-tu ce que c'est qu'un
bain?

BRIDET

C'est-y pas quand on mène le bataillon s'infuser dans la Charente ?

CHACORNAC

Eh bien, Bridet, malgré l'énorme différence qui

existe entre moi z'et toi, je suis forcé d'obtempérer
que je croyais la même chose.

BRIDET

Vous voyez bien ! mais, je vous le dis, je ne suis déjà pas tant bête que vous le croyez, et, il y a des choses !..

CHACORNAC, avec pitié.

Il y a des choses !.. — Vraiment !.. — Il y a des choses !.. — Tu me fais mal aux intestins, fusilier ; et, ous' qu'elles sont tes choses ? fais les voir !

BRIDET

Mais enfin !..

CHACORNAC

Mais quoi ? Tais-toi donc ! — Il est vrai que j'ignorais effrontément ce que ce major de malheur voulait dire avec son bain. Ça, je l'avoue, c'est une légume soustraite à mon éducation. Car,

10

pour le reste — comme qui dirait de ce que c'est que la... formacie, la chinoiserie, la birbilliothèque, les axiomes, la métropole, exétéra, exétéra, je puis dire, Dieu merci, que je sais à quoi m'en tenir !

Ainsi toi, espèce de bourrico, qui fais le malin d'une façon nauséabonde, je parie que tu ne sais pas seulement le premier mot de la religion de tes pères, à qui tu dois le jour !

BRIDET

Oh ! pour ça, j'en sais autant que vous... sans savoir ce que vous en savez !

CHACORNAC, avec commisération.

Tu en sais au-tant-que-moi ! ! — Eh bien ! dis-moi z'un peu, combien il y a de Dieux ?

BRIDET

Combien il y a... Je le sais aussi bien comme vous.

CHACORNAC

Fais voir, phénomène ?

BRIDET

Ils sont trois !

CHACORNAC, avec amertume.

Qué malheur !.. Ils sont trois. — Voyons ?

BRIDET

Y sont : le Père! .

CHACORNAC. Il compte sur ses doigts.

Ça fait un.

BRIDET

Y sont : le Fils!

CHACORNAC

Ça fait deux.

BRIDET

Et y sont : le Saint-Esprit!

CHACORNAC

Ça fait trois!.. — Et puis après?

BRIDET

Comment, et puis après?.. après... c'est fini!

CHACORNAC, avec dédain.

Alors, Ainsi soit-il, tu le prends pour un n'harricot!.. Tu vois bien que tu es bête à faire pleurer un vésicatoire!

(Changeant de ton.) C'est égal, je crois bien que l'aide-major — que le diable enlève! — n'est pas plus malin que lui! — Satané bain!

BRIDET

Enfin, caporal, quoi donc qui vous a dit?

CHACORNAC

Il m'a dit : Pour f...lanquer ta femme d'aplomb,
tu vas lui faire avaler dix ou quinze gamelles de
chiendent et tu lui feras prendre deux ou trois
bains. Elle a le feu dans le corps. Excès de boisson,
peut-être. Il faut alors la rincer, la... récurer,
comme un vieux bidon!

Je comprenais assez ça — un mot de plus, je
trouvais qu'il avait raison ; aussi lui ai-je dit :
Pour le chiendent... compris ; mais, pour ce que
vous venez de me dire après.

— Le bain?

— Oui, le bain! ous' qu'on trouve ça? Il fait
l'étonné, et il me dit : A deux portées de fusil du
quartier ; juste en face la manufacture de soles
frites, il y a un établissement. — Tu la conduis
là, à jeun ; elle prend un billet, on lui donne
un cabinet, où elle reste tant que cela lui plaît.
et... voilà tout! — ce n'est pas la mer à boire!
— Heureusement! que je réponds en riant.

Ah! si j'avais su!.. Nom d'un nom! Elle n'en
reviendra pas!.. c'est sûr!

BRIDET

Que si qu'elle en reviendra! (Malicieusement.) Vous
savez... les femmes!..

CHACORNAC

J'te vas tuer. (L'imitant.) Les femmes! T'en as beaucoup vu revenir, des margots à qui t'as seulement
parlé (haussant les épaules), qué malheur! (Changeant de ton.)
Pour lors, le lendemain matin, je la fais habiller

sur son trente et un, j'endosse la grande tenue,
schako découvert, et nous v'la partis!

Nous entrons dans la cambuse, et je dis à une

10.

petite dame qui était fourrée dans des pots de giroflées : Voulez-vous me donner un bain ?

— Pour vous ou pour madame ?

— Pour madame, la petite mère ! Regardez-moi
donc fixement ! j'ai tant seulement jamais souffert
d'une engelure ! — Je suis sain comme une rosière,
moi qui vous parle !

— C'est soixante-quinze centimes qu'elle me
répond en rougissant. Voilà, monsieur, et elle me
donne un petit carré de carton.

Je dis à Paméla : Allons, toi, marche devant : je te
suis. Faut dire que je n'étais pas fâché de voir comment que ça se passait.

BRIDET, avec malice.

Tiens, c'te bêtise !..

CHACORNAC

Pour lors, une grosse rougeaude, avec les manches
retroussées, m'arrête et me dit : Vous ne pouvez pas
entrer, c'est le côté des dames.

— Mais, bayadère, raison de plus ! et puis, c'est
ma légitime ! — D'ailleurs, elle ne le serait pas !.. —
Si c'est pour moi, vous avez tort, je ne suis pas
bégueule !

— Enfin, monsieur, il n'y a pas moyen, c'est
le règlement !

Je m'ai dit à mon à-part : Qu'est-ce que je vais ficher pendant ce temps-là.

La dame aux giroflées me dit de m'asseoir ; la grosse tomate vint chercher ma femme qui la suivit effarée, sans seulement savoir ce qu'elle faisait.

Je me rappelle que je lui ai dit bêtement : Je suis là ! Ne t'inquiète pas. — Je voulais la rassurer un peu ! — Tu saïs... une première fois !..

BRIDET

Ben sûr !

CHACORNAC

Au bout d'une heure, je commençais à me faire vieux, je me suis endormi sur un livre que la petite femme aux giroflées m'avait prêté. — Attends !.. ah !.. c'est ça : *Explorations d'un amiral auvergnat aux îles Hébrides !* — Il paraît que je ronflais à faire éclater les cloisons ! Si bien même qu'un grand diable ficelé comme un garçon de café, — il avait les manches retroussées jusqu'aux coudes et un tablier, — m'a réveillé en cerceau.—J'y ai offert une goutte, car je voulais à toute force avoir des renseignements sur la chose ! Il accepte sans se faire prier, nous v'là donc partis à côté, chez un mastroquet. Il m'explique la chose en détail. Mais quand il m'a dit qu'il fallait que ma femme se déshabille... j'en suis resté suffoqué !..

Je lui ai dit : Sais-tu bien, ancienne andouille,
que ma femme peut se piquer le nez quelquefois,
— c'est possible, — c'est même sûr ; mais elle ne
se déshabille que chez moi et encore lorsque je lui
en laisse le temps !

— C'est cependant ce qu'elles font toutes, me
dit-il, même la femme du sous-préfet.

Enfin, je passe par là-dessus et, — pour gagner
du temps, — nous prenons deux ou trois litres !..

Cependant, au bout de trois heures, je n'y tiens

plus, je rentre dans la baraque et j'appelle Paméla qui me répond d'une voix !.. — oh ! mais d'une voix !.. comme un chat qui étrangle : (Imitant la voix.) — Ça n'y est pas encore ! — Je patiente une demi heure ! J'avais fumé huit sous de tabac de cantine !., Ça faisait juste quatre heures !

La grosse fille va frapper à sa porte en lui disant que c'en était assez, et même que jamais personne ne restait aussi longtemps ; puis, elle lui demande si elle veut du linge !

— Non ! qu'elle se met à hurler !

Je perdais patience et je me mis à gueu..., à crier : Il faut cependant que ça finisse. — Ouvrez-moi, ou je fiche la maison par la fenêtre ! — Faut croire qu'ils ont vu que c'était sérieux, car on m'a ouvert ! — Oui ! mais qu'est-ce que j'ai vu ! ! !

BRIDET, effrayé.

Quoi donc ?

CHACORNAC, reprenant.

Quoi donc ? ah ! quoi donc ? (Il s'essuie le front.) Tiens, Bridet, dans ma vie de garnisons, — j'ai vu bien des choses ; — je puis dire, sans me vanter, que j'ai vu des choses... étonnantes... odoriférantes... vermifuges et incombustibles ! — mais jamais ! — jamais, entends-tu, je n'en ai vu de cette force-là ! ! !

J'ai vu, — Bridet, — j'ai vu ma femme, ma Paméla ! celle que j'ai choisie entre toutes, nue comme un ver, assise sur un tabouret, grelottant de froid et la tête et le haut du corps penchés dans une grande bassine ! — Elle avait la face et les épaules rouges comme une betterave ! ! !.. Je lui dis : Mais, nom d'un tonnerre, qu'est-ce que tu fiches là !.. Alors, c'te créature du bon Dieu, — que le diable emporte ! — me dit :

—Faut pas m'en vouloir, Barnabé, — j'ai pu n'en boire que la moitié ! ! !

— Aussi, foi de Chacornac... Tôt ou tard... le major me paiera celle-là !..

LE

GUIDE DU BACHELIER

DANS PARIS

Au comte Charles d'Osmoy.

LE GUIDE DU BACHELIER

DANS PARIS

CONSEILS A MON FILS ET A CEUX DES AUTRES

Tu as enfin conquis ton diplôme, Exupère, et tu vas sérieusement entrer dans l'existence; l'heure est solennelle et les difficultés de la vie vont t'étreindre. Ecoute mes conseils, et apprends de moi l'esprit de conduite qui, plus que la science, t'assurera l'avenir.

Car tu ne sais rien, Exupère! rien! mais rien de rien!

J'ai remarqué, avec une peine mêlée de contentement, que si l'on t'a appris la date de la fondation de Rome et les évolutions des planètes, le cornet à piston et la nomenclature chimique, l'on ne t'a

enseigné en aucune façon le grand art de te produire dans le monde.

Et pourtant, te voilà bachelier !

Mais il ne suffit pas d'avoir le laurier, il faut
encore savoir l'employer à propos dans les sauces.
Tu as ce qu'il faut pour faire un pion, rien pour
faire un homme !

Que cette opinion ne t'humilie pas ! Comment en
serait-il autrement ? Je t'ai entretenu à grands frais
sur les bancs des colléges ; il le fallait bien : ta

mère et moi avions nos petites affaires, et tes questions indiscrètes eussent pu nous embarrasser; il
se faisait temps que tu apprisses l'expédition

d'Alexandre et les campagnes de César, qui ont
toujours eu, d'ailleurs, le privilége d'occuper les
grands esprits. Mais le maintien, mais la grâce,
mais les simples convenances, mais tous ces riens
qui sont le charme des sociétés modernes, qui eût
pu te les apprendre?

Ecoute, mon fils : je suis vieux; quand tu es né,
j'étais déjà entré dans l'âge de la virilité; j'ai beau-

coup vu, beaucoup connu, et c'est le fruit de mon expérience que je te livre. Que cet appendice à ton éducation universitaire te serve de guide ! ta famille t'en saura gré, et la France pourra espérer en toi : *In hoc signo vinces !*

Ta naissance, ta fortune et ton instruction te conduiront certainement dans les salons aristocratiques de la capitale ; ton intérêt te les fera rechercher ; c'est là seulement que tu trouveras des protections efficaces ; que ton éducation soit à la hauteur de tes autres avantages ; si tu en manquais absolument, ne serait-on point autorisé à dire qu'elle est à refaire ?..

C'est pour t'épargner ce désagrément que je te livre ces préceptes pour ta conduite future dans la haute société.

DEVOIRS DE SOCIÉTÉ

Envers les maîtres de la maison.

Lorsque l'on est introduit dans le salon, il est d'usage d'aller saluer les maîtres de la maison. Si, en entrant, tu ne les aperçois pas tout d'abord, informe-toi de l'endroit où ils se tiennent ; mais pas dans ces termes : « Où est donc le patron ? » ou

bien : « Où donc qu'est passée la bourgeoise?.» Ces
locutions pourraient laisser supposer que tu es
d'une origine subalterne.

Si l'air embarrassé du domestique pouvait te
laisser supposer qu'ils se trouvent momentanément
dans un endroit retiré, tu sentiras la nécessité de
ne pas insister.

Souviens-toi que tout dépend du commencement.

Il n'est pas convenable, lorsque l'on a visité les
appartements, de demander à la maîtresse de maison : « Pour combien que vous pouvez avoir de
loyer ici ?.. »

Ni, lorsqu'on l'a appris, de dire, en parlant du
mari : « Ce diable de marquis! où peut-il bien
trouver tout l'argent qu'il dépense ?.. »

La première demande pourrait paraître indis-
crète, en ce sens qu'elle fouille trop avant dans
l'économie de la famille.

La seconde réflexion aussi est insolite, parce
qu'elle exprime un doute, et peut jeter un mauvais vernis sur le marquis, aux yeux des malinten-
tionnés.

Envers les invités.

Si la maîtresse de la maison fait, dans ses salons, une quête au profit de qui que ce soit — des Repenties ou de l'œuvre des Fruits-Secs de la reine Blanche, par exemple — ne refuse jamais de participer à ces actes charitables et pieux.

N'aurais-tu sur toi qu'un décime, donne-le; la quêteuse t'en saura certainement gré.

On sait bien que les adultes n'ont pas des sommes folles à leur disposition.

Il est toujours facile, d'ailleurs, de dissimuler son offrande, en plongeant sa main entière jusqu'au fond de la bourse.

Cependant, il vaudrait encore mieux ne rien donner que d'aller emprunter pour cela une pièce de vingt sous au concierge de l'hôtel, et de cacher ainsi sous un faux luxe une gêne qui peut n'être que momentanée.

Dans ce cas, pas d'hésitation! Abstiens-toi : c'est la devise du sage !

Si l'on chante au dessert — ce qui arrive à chaque grand dîner de bonne maison — quand viendra ton tour, ne choisis pas de chansons grivoises.

Tu mettrais les femmes dans un embarras extrême, et il faut prendre garde de blesser ce sexe charmant auquel tu dois ton père. *Les Cœurs*, de Boufflers, me semblent donner l'exacte mesure du goût qui doit présider à ton choix :

A quarante ans, c'est un violent cratère, etc.

Dans cette chanson, du moins, une plaisanterie fine se cache, tu le vois, sous une forme gracieuse et décente à la fois.

Il serait à la fois imprudent et barbare à moi de te défendre le doux commerce des dames. Tu es dans un âge ardent dont j'ai compris les exigences.

Il peut arriver — par la force des choses — que tes qualités aimables fassent dévier des femmes du sentier âpre de la vertu. S'il arrive que — fortuitement ou d'autre façon — tu rencontres deux ou trois de celles-là dans le salon où tu seras invité, ne commets jamais la faute grossière de les tutoyer devant le monde.

Ce serait t'aliéner l'estime de gens honorables.

Si tu tiens absolument à faire savoir que l'adorable marquise de X..., l'incomparable baronne de Z..., ont oublié pour toi toutes les convenances — sentiment qui, du reste, est bien naturel — arrange-toi de telle sorte que cinq ou six personnes seulement t'entendent prononcer une phrase comme celle-ci, par exemple :

— Eh ! là-bas, Hortense, que diable fais-tu donc pour ne pas te dégommer plus que cela? C'est épatant !

N'aie pas peur, Exupère, on saura bien à quoi s'en tenir !

Il faut être plein de condescendance pour les vieillards, qui sont, en somme, d'anciens jeunes gens avancés en âge.

Ainsi, qu'un académicien, savant et antique, soutienne devant toi une opinion contraire à la tienne ou avance un fait historique que tu reconnaîtras pour un grossier mensonge, fruit d'une crasse ignorance, ne lui dis pas : « Vous vous mettez le doigt dans l'œil ! » ou, pis encore : « Vous êtes un vieux daim ! »

Outre que ce substantif désigne une créature d'un ordre inférieur à un académicien, tu serais accusé par une grande majorité de manquer de respect aux cheveux blancs.

Il est dans le monde des tyrannies auxquelles il faut, de toute nécessité, se soumettre.

MAINTIEN. — BONNES MANIÈRES

Il est ridicule de parler toujours de la pluie et du beau temps. Attache-toi à être spirituellement badin ; avec des frivolités gracieuses tu attireras autour de toi toutes les femmes, race légère, éprise des folâtreries de l'esprit.

Tu seras toujours agréable aux maîtres de maison en caressant les animaux ; essaie les talents des chiens, s'ils en ont ; ton hôte sera flatté que tu les expérimentes devant ses invités ; fais faire le gros dos au chat et imite son miaulement ; caresse le perroquet sur le sommet de la tête, en disant : « Grrrratte Jacot ! »

Rien ne t'empêche non plus de faire malignement remarquer à la société le sexe des animaux. Il est rare que cette plaisanterie n'attire pas sur plus d'une jolie lèvre un charmant sourire.

Quand les valets passent les plateaux, il n'est pas de bon goût de courir derrière eux, de les arrêter par le bras lorsqu'ils s'approchent des dames, de dévaliser les rafraîchissements, et, aussitôt qu'on a aperçu le domestique faisant son entrée, de lui crier : « Eh, garçon ! une consommation par ici, s'il vous plaît ! » On n'est jamais sûr que les maîtres de la maison ne soient pas des cancres qui vous observent, et puis, lorsque les dames ont le Sahara sur les lèvres, elles ne pardonnent pas à l'homme qui leur enlève, jusqu'à la dernière, les sources auxquelles elles espéraient se désaltérer.

La vie sociale ne se compose que d'une mutualité de services et d'un échange de sacrifices.

En sortant du bal il faut, autant que possible, ne pas échanger son vieux chapeau contre un neuf. Pour peu que les gens soient pointilleux sur la question de propriété, ils considèrent ces échanges comme illicites et même frisant l'indélicatesse.

Dans l'escalier, abstiens-toi de joies démonstratives, de placer les paillassons en travers des marches et d'éteindre le gaz pour faire tomber les autres invités, comme aussi de descendre à cheval sur la rampe. Si un de tes amis est en bas déjà, lorsque tu te trouves encore à quelque étage supérieur, ne crie pas : « Pil...ouit! » pour attirer son attention.

Enfin, épargne tes quolibets au concierge, qui est un simple artisan ; ce serait méconnaître les immortels principes de 89 que faire sentir à ce modeste homme de corde la misère de son prolétariat.

Voilà pour la belle société, Exupère. Cela et une belle tenue, voilà le passe-port.

LETTRE DU FUSILIER BRIDET

A Albert Wolff.

LETTRE DU FUSILIER BRIDET

A Monsieurre,

Monsieurre Jean-Némopucène-Ignace BRIDET, mon père, ou dans le cas qu'il n'y serait pas à la femme Frécille-Clandestine BRIDET, sa conjointe, ou dans le cas qu'elle n'y serait pas à Jacques-Séraphin BRIDET, dit le Futé, *mon frère de lait à l'hameau de l'Epine près Saint-Séverin par Aubeterre*

Charente.

France, Europe, Ancien Continent.

Chers parents,

Je·suis-t-enfin arrivé-z'au corps dont je vous envoie ces deux mots de billet pour vous dire que ma santé se porte bien quoi que le régime du régi-

12

ment ne me réussit pas du tout — mais là, du tout.
— Je profite que je peux vous envoyer ces deux
mots de billet pour vous dire que je m'ennuie à
crever quoique, jusqu'à présent, je n'ai encore eu

aucun agrément, — donc, je profite que je peux
vous envoyer ces deux mots de billet pour vous
dire que je n'ai pas besoin d'argent — vu que
j'ai-t-ici tout ce qu'il me faut; cependant — si,
quelquefois que vous poureriez m'envoyer une
pièce de trois francs, ça me ferait de l'agrément

mais ne vous génez pas pour cela — cependant, si, quelquefois, mon frère pouvait m'envoyer une pièce de quatre francs — ça me ferait plaisir, seulement dites y qu'il ne se géne pas pour cela vu qu'ici on nous donne tout ce qu'il nous faut. — Cependant, — si par hasard que vous pouviez m'envoyer... ça ne serait qu'une pièce de six francs, ça me causerait de la félicité, vu que j'en ai besoin pour faire le jeune homme, mais je vous le répète, ne vous génez pas, — mon Dieu, ne vous génez pas.

Dites plutôt à mon frère de me l'envoyer sans se géner.

Je suis-t-en garnison à Aire-sur-la-Lys, Nord.

Ce pays est fertile en blé, colza, pierres calcaires, grand commerce de pipes, raffineries nombreuses, théâtre, musée, birbilliothèque, corps de pompiers magnifiquement organisé, et cætera, et cætera, toutes les douceurs de la vie enfin! — Cependant, ne m'écrivez pas là parce que je n'y suis plus étant parti avec deux compagnies du dépot.

Ne m'écrivez pas non plus à Saint-Omer, Artois, parce que j'y suis, — mais que je n'y serai plus dans une heure et demie, deux heures moins le quart environ, ne m'écrivez que quand je vous aurai écrit d'où que je serai — quoique je ne sache pas du tout ous que nous allons.

Quant à la pièce de huit francs que je vous

demande — je vous le répète ne vous gènez pas,
vous en avez peut-être plus besoin que moi —
aussi dites a mon frère qui me l'envoye, sans se
géner, — ou bien en se génant.

Adieu chers parents, agrégez l'adolescence de
mes sensations perpétuelles et de mes salubrités
respectives. Votre fils pour la vie,

JOSEPH **BRIDET,**

Fusilier au 73ᵉ régiment d'infanterie de
ligne, 3ᵉ bataillon, 6ᵉ compagnie.

Poste aux scriptions.

Toutes réflexions faites — si mon frère ne pouvait pas m'envoyer la pièce de dix francs, envoyez-la moi vous même — ça m'est égal pourvu que j'laie.

MISÉRICORDE

Au docteur Mallet.

MISÉRICORDE

Ma tante Jàne Delfine et frère puiné Joseffe-
Bienaimé Maccime, les seules parents qui me reste

à m'aimer et que j'estime aussi pareillement. Je
viens vous demander si vous voulez me recevoire
après la grande fôte que j'ai commisè, — qui me
fait la dernière des dernière, alors que j'ai quitté
le pays, qui rougi de moi, — ou je n'aurai pas pu
subir ma honte, qui est affreuse, — malgré les mai-
chanseté.

Tout le tant que je suis été en sainte, je m'ai
dit : Il faut bien que tu soie la dernière des dernière pour avoir fait une fôte comme celle la qui
n'a pas de bon sans et qui fait rougir tout le monde
de chez nous, qui est si regardant. — Malgré que,
cependant, — excepté monsieur Bilois, ils mont
tous dit des aindécence et qu'ils me tatait la poitrine tous autant qui sont.

Je m'ai dit encore : si savait été par la pacion
qui t'orait ravagé, ou bien par l'entrennement de
l'amoure qui aurais eu le dessus sur les devoires
que l'on a envers ses parents et les voisins pour ne
pas rougir devant eux; alors c'est diférent; mais
c'est l'espoire d'être heureuse par l'argent qui m'a
fait faire ma fôte, que je rougi de honte.

Je pansais, en fesant ma fôte, à mon petit frère
Julien, qui est en aprantisage chez monsieur
Provot Levilain père et fils, — et qui fait du cé-
ruse qui lui fait mal â vu d'euil et puis â la poitrine et au poumon, parce qu'il est trop jeune et
qu'il n'a pas ce qu'il lui faut, et pui j'ai pansé aussi

à ma tante Pulchérie, qui est si agé et qui n'a pas de quoi se mètre.

Voila ceulement à quoi j'ai pansé quand j'ai comis ma fôte, que je rougi tant!

Monsieur Erneste m'a proposé de me taire avec politesse, par ce que ça lui ferait du tor auprès de monsieur Lebijois, et puis aussi du receveur, qu'il va en soiré chez eux et sa femme, — et puis aussi de la buraliste, qui est donc sa parente du côté de sa mère à lui même, qu'il ne se parlent pas et qu'on ne manquerai pas de dire que s'est un déboché et un mauvais sujet, à cause qu'il m'a fréquenté.

Je lui ai promi que je ne dirai rien, malgré qu'il m'a fais bien du mal, que je me répend. — S'il voulais me donner quinze francs pour pailler mes dettes ici, ou je voudrais qu'on dise de moi les bonne chose qu'on dit des personne qui ont paié ce qu'il doivent. — Et mon accouchemen et ma maladie, qui s'ensuit qui m'a mise tout près de mourire! — Que même il deverait bien savoire ce que s'est que l'état ou il m'a abandonné sans rien dutoux; — que tous mes éfets i ont passés les un après les autre.

Eh bien, ma tante et frère puiné, il ne m'a ceulement pas repondu.

Alors, à présent, je dirai paretout que c'es lui

qui a tout fait ! — et maime qu'il voulait me piquer avêque une grande aiguille que j'ai vue —
par une vielle sage femme ou il m'a mené chez
elle le cintième mois de ma grosesse, et qui aurais
tué mon enfans qui n'avait rièn fait — lui — poure

mourire ! — Oui ! voila se que je dirai paretout —
et puis aussi que s'est un mauvais gareçon et un
sans queur qui fait des mansonge pour tromper
le monde !..

Ma chère tantè Delfine et frère puiné Maccime.

Si je vous écris cette lettre, pour vous demander d'obtenire de me recevoire, s'est que je suis bien malade et mon enfan aussi, que mon lait l'empoisone et maime qu'on m'a dit qu'il falait mieux la bandoner aux enfans trouvé.

Mais moi — je ne veux pas — et j'aime mieux qu'il meure de moi, le pôvre petit, qui est dejà si mêgre et qui.me regarde avêque des grand yeux étonné — qui a si chaud et qui grelote tout de maime.

On me dit chez mes ancien maître, ou je suis alé les voire pour leur faire voire mon enfan, qu'ils lui on maime donné de quoi avoire chau et l'en veloper bien propremen — et à moi trois fran — qui sont enfain de bien bonne gens.

Il m'on dit que l'air du pays me guérirai et maime me ferait du bien !..

Mais, malgré leur honnêteté, il ne peuve pas me reprendre en cervice...

Il ne pouvait pas rester a faire œufs même la quisine et le mainage et il ont pris une autré bonne dont il sont contant — qui est un souillon qui a traîné la vie avêque des sergen de ville du cartier que je connais — et qui sont des maleprôpre avêque les bonne et les blanchiseuse aveque quoi il font semblant d'aitre aimable pour comencer et qu'il sent moque après.

Et puis aussi à cose de madame qui est bien honête et rangé. — Non, je ne
pouvait pas resté. Il y a leurs
fils qui est donc monsieur Jules
qui est bien genti cand il veux
se tenire tranquille malgré que
c'est du sale-pêtre que ce petit
la qui es comme un acharené
après .moi — suretout après
ma poitrine qu'il était toujoure
après et qu'il en deviendait vio-
let tèlement. qu'il était rouge !
— Il me disait qu'il voulait ce faire périre ou bien

qu'il voulait se marier avec lui et moi — Et puis

encore qu'il me pardonait ma fôte que j'ai comise, et que maime — il aimais mieux ça !

Des baitises enfain qui sont pour en rire. Dabore qu'il est un jeune homme — presqu'un enfant qui ne peut pas s'épouser avèque moi puis qu'il va sur ses dissétans et moi diseneuf !

Ce qui ma encore empéché — c'est le père qui est donque le mari de madame qui est si honête — et qui me dit des aindécence dans ma quisine, et qui m'embrasse de forsse en me tenant les mains poure me dire des baitise qui n'on pas de raison poure un homme dans les afaires et de son age respectables — et qui a une femme comme madame que d'autre s'en contenterait.

Alórs cheres tante et frère puiné Maccime — les seule parans qui me reste, Je vous écrit pour obetenire de venire rester chez vous ou je ferai tous ce qu'on voudra — pour ce qui est des bestios — la lessive — l'antretiens de toux — faire le manger pour tous le monde exétéras.

Je pourrai au moin donner mon chair petit enfan — qui n'a rien fait à personne — à Gervaise qui es bone pour le monde et qui a du bon lait qui lui

ferais du bien pour lui faire revenir ses couleurs
d'il y a un mois.

Alors je serai heureuses. — Oh oui — bien heureuses ! — et si vous vouliés bien me recevoire dans
ma comune ou vous demeuré et que j'ai fait rougire
de honte — j'irai demander pardon à tous le monde
qui rougit de moi afain que je guérice bien pour
travailler tant qu'on le voudra pour soigner mon
petit enfan qui na rien fait — lui — pour soufrire
comme il soufre — que c'est maime au dessus de
ses force et de son âge qui est si tandre et qu'il
cri toute la nuit à fandre le queur de souffrance !

Je vous en prie — répondez moi ma tante
Delfine et frère puiné Maccime à l'adresse Victoire
Françoise Chauveau, quisinière — au bureau de
plassement tenu par monsieur Lestibourgogne rut
du roi de Cicile numéro troi à Paris France.

Signé : Victoire Françoise Chauveau.

On disait l'autre jour au bureau de plassement
que le fils de Louis Filippe allait monté sur le
trône. C'est çà (que je m'est dit a par) qui va faire
plésir a monsieur Brelau qui est si bien ensemble
avêque lui — qui avait même dîné tous les deux
et des invités le jour de sa faite — en capitaine
de la garde nassionale qu'il en avait exalté de joix !

HAGENOU CANDIDAT

A Monsieur H. de Villemessant.

13.

HAGENOU CANDIDAT

(Il prépare un verre d'eau et y ajoute un morceau de sucre.)

Citoyens,

Elevé dès mon enfance dans le labeur auquel je

n'ai jamais manqué, — je me présente à vos suffrages !

Je ne suis pas un homme... politique... non !..
il y en a assez sans moi, et qui ne valent pas cher !

Je m'en rapporte à vous ! — J'en appelle à ma
France ! à ma France adorée qui m'a donné le
jour !

Ce que je veux ! c'est le bonheur universel ! la
vraie joie enfin ! — Et cela, aussi bien pour les
femmes que pour les hommes !

Ce que je réclame avant tout, c'est le travail...
Entendons-nous : le travail... sans s'exterminer...,
le... travail... dans l'aisance !

Et puis !..

Et puis, — la propreté !..

Par la propreté on arrive à tout !

Oui à tout !

La propreté, —faites-y attention, — c'est la reine
du savoir-vivre !

C'est la monarchie et l'intégrité de la domination
successive et, par cela même relativement immense,
de ce que le cerveau humain, qui a des bornes ! —
a déterminé les classes ouvrières dont je me fais
gloire et orgueil d'appartenir !

Hum ! ! ! .. (Verre d'eau, deux morceaux de sucre.)

Sans propreté — peuple français, — tout est
fini !.. fini... sans espoir !

Du savon enfin ! — Il en faut ! — Il en faut !..

Voulez-vous des exemples ?

Je vais vous les donner sans esprit de parti :

Je vous le répète, je ne suis pas un homme politique ! Seulement je vois tout, —j'observe ! — j'ai du flair, et... je sens tout... malheureusement !

Tenez, puisque vous voulez des exemples :

Louis-Philippe était-il propre ?

Oui, il l'était !

Le général Cavaignac, qui lui a succédé, était-il propre ?

Oui, il l'était !

Le prince Louis, était-il propre ?

Il l'était !

Quand il a voulu changer de position et qu'il s'est proclamé empereur, il pouvait, n'est-ce pas, changer aussi ses habitudes et faire ce qu'il voulait ? Eh bien ! était-il propre ?

Oui certainement !

Tous les grands hommes enfin le sont, même le schah de Perse, le roi d'Araucanie, la reine Pomaré, leurs enfants ; — tous ces grands génies le sont et ils pouvaient s'en dispenser, — mais ils se lavent chacun à leur manière ; mais ils se lavent ! et ferme !

Aussi vous voyez où ils en sont arrivés !.. (Verre d'eau, trois morceaux de sucre.)

Maintenant.

Allez dans vos faubourgs !

Vos enfants sont-ils propres ? Non, n'est-ce pas ?

Vos femmes sont-elles propres? Sapristi non !

Vous-mêmes, êtes vous propres? Non ! non ! vous ne l'êtes pas !

Aussi, vous voyez où vous en êtes !

Vous en êtes à subir les humiliations les plus subversives et les plus ostensiblement incommensurables (Un verre d'eau), et cela se comprend.

Relevez-vous, chers citoyens !

Relevez-vous droits et fermes !

Citoyens, comptez sur moi, je compte sur vous !

Donnez-moi vos suffrages, — je suis digne de les accomplir !

Je ne suis pas né sur les marches d'un trône, — non ! — Mais, sans l'être, j'ai approché les grands de la terre !

J'ai travaillé d'abord chez monsieur Cail et compagnie où j'ai laissé des marques d'estime.

Puis, chez monsieur Boulengrain, huissier, qui maintenant fait semblant de ne pas me reconnaître, parce qu'il est arrivé ! quel malheur !

Enfin, j'ai travaillé chez messieurs Batracien, oncle et neveu, dans leur usine de crin végétal lumineux, à Gonesse, ville célèbre par la naissance de Philippe-Auguste, qui était dans son temps d'une famille honorable.

Et puis, et puis, j'ai travaillé dans bien d'autres endroits, où j'ai, — je puis le dire, — été apprécié à ma juste valeur.

Ce n'est pas que je restais longtemps dans les maisons : — Non ! ce n'est pas mon système, j'aime mieux laisser des regrets.

Et puis, je voulais tout connaître !

Un moment j'ai voulu être magistrat ; mais ça m'aurait demandé un peu de temps. Du reste, ce n'est pas un état assez remuant.

Citoyens, — voilà l'homme que je suis !

Voulez-vous que je me montre tout nu devant vous ?

Ça y est !

Parlons de mon passé ! — Oui parlons-en ! Vous allez voir : — un dossier rose, — des enfantillages ; mais, — faites y attention, tout à mon honneur, un mot de plus, à ma gloire !

1° Gifles à un garde municipal, — barrière de la Chopinette, le 20 février 1848 ; — cela, du reste, n'a aucune importance.

C'était sous Louis-Philippe — alors quinze jours de prison !

Condamné par M. Daubray, président. (Celui-là !.. je ne vous dis que ça.)

2° Bris d'un réverbère — en 48 — toujours sous Louis-Philippe (branche cadette). — Six mois, M. Paulin Ménier, président.—(Un rouge, celui-là !)

3° Gifles à une femme qui me proposait des choses à faire frémir. — Trois ans, M. Lasouche, président !

4° M'être trompé de poche dans la foule (on était tellement serré qu'on ne savait plus ce qu'on faisait), au feu d'artifice du 24 juillet 1847. — Quinze mois, M. Lyonnet Frère président. (Avec pitié.) Un porte-monnaie dégoûtant, contenant 11 fr. 20, et notez que j'avais plus que ça sur moi. — Enfin ! ! !

5° Services rendus à M. Genuflexier à propos de son élection dans le Loiret, — un homme sur qui tout le monde comptait, — même moi ! — Cela m'a fait réfléchir ! — Alors, six mois. (Avec orgueil.) C'est tout ! c'est tout, citoyens ! — J'ai beau chercher, c'est ma foi tout !

Me voilà donc, chers concitoyens, honnêtes travailleurs.

Me voilà fort de ma droiture — de ma... solidité et de ma... de mon intégrité !

Que ceux qui ne veulent pas de moi lèvent la main!

Qu'ils me donnent leurs noms et leur adresse!.. avec moi... ça ne traîne pas!

14

J'ai pour moi — vous avez dû vous en apercevoir!
— (Modestement.) de l'instruction, du savoir-vivre et,
par-dessus tout, l'amour du beau! — même du
passable! — Alors cela poussé à un point excessif.

Sans rien connaître à fond, je puis raisonner de
tout et sur... n'importe quel sujet. (J'en excepte la
botanique et la métropole.)

Si j'obtiens vos suffrages, — je resterai député
tant qu'on voudra.

Et cela, malgré que je n'ai pas un sou. Je ne
tiens pas aux émolûments de représentant. — Non!
— Je... les prendrai parce que tout le monde sait
bien que les hommes ne peuvent pas vivre de l'air
du temps.

Seulement, — citoyens, — j'en ferai un bon
usage, — je ne vous dis que ça!..

Chers concitoyens! allez-y de confiance. Vive
la Nation! vivent les dames!

Je signe avec désinvolture et patriotisme,

HAGENOU, Candidat,
100, rue Tirechape.

(Avant de se retirer, il vide le sucrier dans sa poche.)

LE POSTE

A Alphonse de Launay.

PERSONNAGES

VERMOULU, sergent au 222e de ligne.
Un caporal au même régiment.
Un factionnaire,   id.
REDON, soldat,   id.
Un fantassin du 207e de la même arme.

Le poste de police du 222e.

LE POSTE

VERMOULU

Pour en revenir à ce que je vous disais, j'étais

donc vaguemestre au quatrième bataillon qui était,

14.

— comme de juste, — le bataillon de dépôt ! et, — je venais de toucher à la poste vingt-sept francs ! — Trois lettres chargées !

Quinze francs pour un nommé Bourdon, le fils d'un huissier ! — un rien du tout ! — Du reste, son père s'est établi curé dans les colonies après avoir fait de mauvaises affaires. — Depuis, il a changé de résidence et il a été promu cocher de fiacre à Lyon... en Bretagne ! — Il est même parti avec son cheval et sa voiture pour les grandes Indes, sans rien dire à son patron. Bon !

Alors, — dix francs à un autre animal intitulé Croquenbuis.

Et puis encore deux francs à un nommé Verconsin, qui a eu le nez de changer de corps et qui est devenu vice-amiral à cause d'une lettre qu'une de ses tantes avait trouvée par hasard sur la route qui va d'Aire-sur-la-Lys à Saint-Omer, ce qui a sauvé de la misère un chef de bureau du ministère des fourrages !

Bon ! — Quinze et dix font bien vingt-cinq, et deux vingt-sept !

Voilà que...

UN FACTIONNAIRE, l'interrompant.

Sergent !

VERMOULU

Qu'est-ce que c'est ?

LE FACTIONNAIRE

Un homme qui vous demande !

VERMOULU, s'adressant à un soldat du 207ᵉ de ligne.

Quoi c'est y que vous demandez, vous ?

LE SOLDAT

Sergent, — je demande si — quelque fois, — vous poureriez, en supposant que ça ne vous...

VERMOULU

Ça me ! — dites vite.

LE SOLDAT

C'est un nommé Pilou qui est fusillier à la deuxième du trois — alors, — qu'il se trouve dans

votre régiment et... qui est de mon pays — pas
tout à fait, mais,.. une supposition,.. comme qui

dirait à huit portées de fusil... mettons neuf, de
chez nous, puisque, sans se mouiller, on peut se...

VERMOULU

Qu'est-ce que ça me fiche?

LE SOLDAT

Je ne sais pas si ça vous fiche à vous, mais ça
me fiche à moi.

VERMOULU

Eh bien! quoi-t-esce que vous lui voulez?

LE SOLDAT

Je veux... je veux... je ne veux rien, je viens
pour l'entretenir!

VERMOULU

Et... comment s'intitule-t'y, votre pays ?

LE SOLDAT

Si vous plaît ?

VERMOULU

Ne faites pas l'imbécile ! — Je vous demande :
comment s'intitule-t'y ?

LE SOLDAT

S'intitule-t'y ?

VERMOULU

Oui ! — Comment se nomme-t'y ?

LE SOLDAT

Ah !.. oui ! — Il se nomme Pilou, — il est à la
deuxième du trois, — c'est un homme qui... une
supposition, demeure... pas lui, mais ses pères et
mère à... mettons que nous soyons ici, eh bien !
— il ne faut pas plus de temps pour aller cheux
eux que vous autres pour aller au fort de Noisy
ous'que nous sommes mémontanément.

VERMOULU

Est-ce que vous n'allez pas commencer de finir

de me ficher la paix avec vos saugrenneausités ? Je
vous demande comment il se nomme ?

LE SOLDAT

Il se nomme Pilou, je viens de vous le dire, sergent. — Il est de la deuxième du trois:... — Figu-
rez-vous que...

VERMOULU, l'interrompant.

Vous dites, Redon ! — (Cherchant.) Redon ! — je ne
connais pas ça au troisième bataillon !

LE SOLDAT

Pas Redon, — Pilou !

VERMOULU, sans l'entendre.

Redon !.. c'est drôle... je ne... vous ne vous
trompez pas ?

LE SOLDAT

Moi ! je ne me trompe pas ; c'est vous qui se
trompe, sergent !

VERMOULU, sévèrement.

Apprenez, simple bleu que vous êtes, que mes
galons m'interdisent quotidiennement le droit de
me tromper. D'ailleurs, je le voudrais que cela me
serait absolument impossible à cause de mon grade

qui fait de vous mon subalterne et subordonné. (Revenant à son idée.) Redon ! — Redon ! — C'est drôle !.. (Appelant.) Caporal !.. connaissez-vous un nommé Redon ?

LE SOLDAT

Pas Red...

VERMOULU

Tâchez moyen de ne pas réflexionner. (Au caporal.) Connaissez-vous un Redon à la deuxième du trois ?

LE CAPORAL

Non, sergent. Je connais un nommé Pignouf ; c'est peut-être ça qu'on demande !

VERMOULU

Voilà qui m'importe peu, les individus que vous connaissez !

LE CAPORAL

Mais, sergent, c'est pas un individu, c'est un fusilier.

VERMOULU

Je vous demande si c'est que vous connaissez un nommé Redon à la deuxième du trois ?

LE SOLDAT

Pas Red...

VERMOULU

Taisez-vous. S. n. d. D., est-ce que vous vous fichez dans le schako que vous allez nous embêter plus longtemps avec votre animal de Redon que le diable enlève ?

LE SOLDAT

Mais, faites excuse, sergent, ce n'est pas Red...

VERMOULU, exaspéré.

Assez !.. Fixe !.. et vous, — caporal, — tâchez moyen de répondre d'une façon clairvoyante ! Ouiz-ou non, connaissez-vous un nommé Redon à la deuxième du trois ?

LE CAPORAL

Je connais un Redon, mais il est à la cinquième du deux.

VERMOULU

Eh bien ! envoyez un homme de garde le prévenir qu'on le demande.

LE SOLDAT

Mais, encore une fois, sergent, ce n'est pas Red...

VERMOULU

Vous tairez-vous, sacrebleu ?

(Un homme de garde va chercher Redon qui arrive en courant.)

VERMOULU

C'est toi qu'est Redon ?

REDON

Plaît-il ?

VERMOULU

Je te demande si c'est toi qu'est Redon ?

REDON

Qui voulez-vous que ça soye?

VERMOULU

Enfin est-ce toi, phénomène?

REDON

Pas phénomène — Redon, oui! — phénomène...
connais pas!

VERMOULU

Eh bien, voilà-t-un homme du 207ᵉ qui te demande!

REDON, regardant le soldat.

Qui me demande... moi!

VERMOULU

Oui toi!

LE SOLDAT

Ce n'est pas celui-là à qui je veux causer, c'est à
un nommé Pilou et non pas Red...

VERMOULU, furieux.

Ah! mais! ça va finir n'est-ce pas? (A Redon.) Con-
nais-tu cet homme-là qui nous embête depuis un
quart-d'heure?

REDON

Moi ! — Je l'ai seulement jamais tant vu !

VERMOULU, au soldat.

Et vous qu'êtes planté là comme un imbécile !—
connaissez-vous ce troupier-là ?

LE SOLDAT

Non, sergent ; — je demandais un nommé Pilou !

VERMOULU

En voilà-t-assez. Pretenderiez-vous donc dé vous
f... icher de moi ? (Hurlant.) Caporal ! fourrez-moi ces
deux hommes dedans... jusqu'à ce qui se r'connaissent !..

LE CAPORAL

Allons, en route ! — (Il prend les clefs.)

REDON

Quoi que j'ai fait moi ! — J'étais-t-en train d'as-
tiquer ma plaque de couche.

LE SOLDAT

Eh bien ! et moi, je...

VERMOULU

Deux jours de plus pour réflexionner avec invec-
tives.

LE CAPORAL

Allons! allons! à l'austo et sans traîner!..

VERMOULU, reprenant le récit du commencement.

... Je ne sais plus où j'en suis avec ces animaux-là! — Ah! si! J'avais donc à distribuer à ces chinois de conscrits vingt-sept francs! — quinze francs à cet imbécile de Bourdon, dix francs à cet abruti de Croquenbuis, et... deux francs au vice-amiral Verconsin, — ça faisait bien, n'est-ce pas, les vingt-sept francs qu'on m'avait remis à la poste. — Bon!

Je regarde mon livre, et je trouve au bas de la page un nommé Total qui, par une coïncidence omnipotente, — avait, à lui tout seul, vingt-sept francs à toucher!

N. de D. comment faire! — Enfin je prends un grand parti!.. je ne paye personne?.. et je fiche le camp, — roide comme balle, — à la poste. — Bon! — Je demande poliment à l'employé s'il se moquait de moi. — Je lui explique mon affaire en lui présentant mon livre! — Est-ce que cet infirme-là ne me rit pas au nez! — il appelle les autres singes qui étaient comme lui derrière des grillages, et tous se flanquent à rire, également et avec ensemble; ils me soutiennent que j'avais mon compte et que je n'avais rien à réclamer!

J'étais furieux! — Après tout, me disais-je, je me

serai peut-être trompé ! — Je fais demi-tour, et je reviens au quartier. — Je reprends mon livre et je recommence mon compte.

Non-seulement il n'y avait pas d'erreur ; mais, en retournant la page, qu'est-ce que je vois !.. un nommé Report qui, lui aussi, était porté pour vingt-sept francs !..

Cette fois je n'y tenais plus ! et je n'ai fait qu'un bond chez le capitaine trésorier. — Je lui explique toute l'affaire et je lui fais voir la chose ! claire et nette !

Savez-vous ce qui m'est arrivé ? — Je vous le donne en cent !.. en mille !

Il m'a traité d'imbécile ! de salopiot ! de tous les noms, enfin ! et il m'a destitué de mes fonctions de vaguemestre !..

Voilà pourquoi je suis pied-de-banc à la compagnie.

Aussi ! — le ministre de la guerre se figure peut-être que je vais renquiller pour mon troisième congé ! mais... il peut se fouiller, et il tâchera moyen de voir si on remplace facilement un Vermoulu !

15.

LES

FIANÇAILLES DE BEC-SALÉ

A Charles Monselet.

PERSONNAGES

BEC-SALÉ, rentier ! !

GORJU, paysan normand.

CONTRESCARPE, marchand de vins-traiteur (ancien notaire ayant habité les ports de mer.)

LES

FIANÇAILLES DE BEC-SALÉ

Le jardin d'une guinguette des environs de Paris. — Porte
à claire-voie surmontée d'une enseigne : A TITE LIVE.

SCÈNE Iʳᵉ

BEC-SALÉ. — GORJU

BEC-SALÉ

Beau-père, entendons-nous une bonne fois. —
Avant tout, avez-vous soif?

GORJU

Soif! — Si j'ai soif? — Bon Dieu du ciel! — à

force de boire, j'ai le gosier en feu. Ça me râpe

comme si j'avais avalé une brosse à décrotter!

BEC-SALÉ

Ce que j'en fais, — beau-père, — c'est par politesse, — le cœur n'y est pour rien ! Voyons... un
mêlé-cass ? ça vous va-t-il ?

GORJU

Il n'y a pas de cidre ?

BEC-SALÉ, avec pitié.

Du cidre !

GORJU

Eh bien ! ce que vous voudrez ; mais, enfin, causons.

BEC-SALÉ

Attendez, je vais commander, exprès pour vous,
une chose... recherchée. — De l'orgeat au vin.

GORJU

Je ne sais pas ce que c'est.

BEC-SALÉ

Vous allez voir, ça remet le cœur.

GORJU, insistant.

C'est y que nous allons causer ou bien que nous
ne causons point ?

BEC-SALÉ

Allez-y, papa !

GORJU

Vous m'avez dit qu'à la fin du mois monsieur
Contrescarpe était disposé à vous céder son cabaret?

BEC-SALÉ, l'interrompant.

A la condition que vous allongeriez six mille
francs, trois mille comptant, — trois mille six mois
après.

GORJU

C'est y bien trois mille comptant qu'étions con-
venus ?

BEC-SALÉ

Oui, bien trois mille. — Sans compter que vous
devez fournir les trousseaux : — celui de votre
fille et le mien, — les châles, — les chaussettes,
les armoires, les éponges, les diadêmes, tout le
bibelot enfin !

GORJU

Vous êtes sûr de ce...

BEC-SALÉ

Si je suis sûr de ce que je dis ! D'abord, il n'y

a pas moyen que je me trompe. — Vous savez bien
que je n'ai pas un clou ! — Je n'ai pour moi que
mes relations et mon émabilité !

CORJU

Mon doux Jésus ! Pourquoi faut-il que vous
soyez venu chez nous, à Trépagny-l'Orgueilleux,
— à cette fête ed'malheur que le diable emporte !

BEC-SALÉ

C'est ça, — plaignez-vous ! mais,... c'est moi
qui devrais beugler ! — Avant cette affaire-là, j'étais
tranquille comme une religieuse. Je passais des
journées entières à chercher de l'ouvrage ! Le soir,
je donnais des leçons de maintien à la « Reine-
Blanche ».

GORJU, saluant respectueusement.

A la reine Blanche !...

BEC-SALÉ

Tout le monde vous le dira. — Enfin, je n'avais
que la nuit pour me reposer, et, encore, je me fati-
guais quelquefois plus que dans la journée !...

CORJU

Quoi donc c'est y que vous faisiez la nuit ?..

BEC-SALÉ

Ça, — c'est un secret que j'emporterai dans la tombe !

GORJU

Enfin, dites-moi pourquoi qu'à c'te fête vous vous avez ensauvé avec ma fille, ma Paola ?

BEC-SALÉ

Pourquoi ? mais vous croyez donc que je suis un homme de marbre ? — Pourquoi ? mais parce que j'ai un cœur, moi qui vous parle ! — Pourquoi ? mais parce que, sitôt que je l'ai entrevue, j'en ai été troublé au point de me trouver mal ! — Elle aussi — ça se voyait bien, elle papillottait ! — mais je suis bête, vous ne pouvez pas comprendre çà, vous qui passez votre vie à farfouiller dans le crottin. — D'abord, elle m'a dit tout de suite qu'elle s'embêtait avec vous !

GORJU

Elle vous a dit ça ! — Paola vous a dit qu'....

BEC-SALÉ

Oui ! elle m'a dit ça ! — ça, et puis bien d'autres choses ! — Je lui ai alors proposé de me suivre et de partager ma destinée.

GORJU

Eh bien ! qu'a-t-elle répondu ?

BEC-SALÉ

Elle a été chercher son châle et nous sommes partis. — Maintenant, si c'est moi qui ai tort,... je veux m'enrhumer ! J'en appelle à toutes les mères !

GORJU

Avec tout ça, elle est...

BEC-SALÉ, l'interrompant.

Oui, elle l'est ; mais, dites donc, si vous croyez que j'y tiens tant que ça à ma... à votre Paola, — gardez votre sac et... reprenez-la.

GORJU

Il est bien temps !

BEC-SALÉ

Ecoutez-moi donc alors ! — Je vous dirai d'abord qu'en marchant vite, ça ne se voit pas ! et puis, je vous ferai observer que, dans ce marché-là, c'est moi qui suis volé ! — oui volé ! — Votre fille est triste comme un corbillard. Elle pleure comme une fontaine Wallace. Il n'y aurait donc que moi d'aimable dans la famille. Car vous, beau-

père, vous êtes amusant comme une dyssenterie.
— Je ne me plains pas, je l'ai voulu. — Ça m'apprendra pour une autre fois ! — Seulement, ne renaudez pas et... décidez-vous, il n'est que temps !..

GORJU

Savez-vous que c'est quelque chose que six mille francs ?

BEC-SALÉ

J'insiste : six mille et le trousseau... le trousseau, entendez-vous, papa !

GORJU, exaspéré.

Voulez-vous mes champs ? ma ferme ? mes moutons ? mes cochons ?... quoi ? — Quoi encore ? — Dites-le pendant que vous y êtes ? Ne vous gênez pas !..

BEC-SALÉ, tranquillement.

Beau-père, nous reparlerons de ça un peu plus tard ! — Je ne dis pas non. Je vous avouerai même que j'y avais déjà pensé !

GORJU

Vraiment !.. Voyez-vous ça !.. ah ! Paola !

BEC-SALÉ, résolûment.

Enfin, c'est bâclé, vous voilà débarrassé de votre fille. — Veinard !

GORJU

Je sais ce qu'il m'en coûte ! — Je voudrais bien aussi, par la même occasion, être débarrassé de mon neveu que vous avez soûlé ce matin en venant ici, et qui est encore gris comme un moine.

BEC-SALÉ

Si on le purgeait ?

GORJU

Il ne manquerait plus que ça !

BEC-SALÉ

Avouez-le, tous les embêtements viennent de votre côté, vous êtes forcé d'en convenir ! — J'ajouterai même qu'il y a des gentilshommes qui auraient de la répugnance à entrer dans votre famille et il faut même que je trépigne sur les préjugés pour consentir à contract...

GORJU, l'interrompant.

Vraiment ! — voilà qui est fort. Quoi donc, c'est y que vous risquez, monsieur... Bec-Salé ? — Tenez, laissez-moi tranquille. Vous avez... enlevé ma fille, ma Paola ! (A part.) Quelle gredine ! Maintenant, c'est le tour de mon neveu, que vous avez rendu malade d'une façon... inquiétante. — Un pauvre garçon qui n'est... jamais sorti !.. Trois verres de cidre... le v'là perdu ! et, depuis ce matin, il a passé en revue tous les cabarets que vous avez rencontrés sur votre chemin !

BEC-SALÉ

Vous allez voir que c'est moi qui suis poivre ! — Un bain de pied ! qu'est-ce que vous en dites ?

GORJU

Vous êtes donc fou !

BEC-SALÉ

C'est ça, — des injures, maintenant ! (Prenant une résolution.) Chargez-vous du gâteux et conduisez-le à votre hôtel. (Avec mépris.) Chic, l'hôtel ! la joie des parents, la trrranquilllité des punaises ! — Dans l'état où il est, vous conviendrez qu'il est salissant ! — Pendant ce temps-là, je vais commander le dîner. — J'ai du zinc pour la nourriture, vous pouvez vous en rapporter à moi !

GORJU

Ainsi, vous allez vous occuper du repas !

BEC-SALÉ

Oui, homme des champs, et vous allez voir si on a de l'usage ! ! ...

GORJU, il va pour sortir et revient bientôt.

Pourvu qu'il n'arrive rien à mon imbécile de neveu ! — Chez nous, — à la campagne, — nous avons des remèdes ! — Ainsi pour ce qui est du cidre — du cidre à outrance ! — voilà ce qu'on fait : on prend le moribond, le morfondu, — on le déshabille et, — on l'attache à une poulie. — Savez-vous ce que c'est qu'une poulie ?

BEC-SALÉ

Oui, sans l'être.

GORJU

Eh bien ! on prend le moribond et, comme je vous le disais, on le déshabille et on l'attache...

BEC-SALÉ

A la poulie !

GORJU

Si vous connaissez le remède ?..

BEC-SALÉ

Pas du tout. — Continuez...

GORJU

On l'attache à la poulie! — on l'attache... la tête en bas, les pieds en l'air! — Bon, voilà qui est fait! — Alors, il faut tordre la corde... ferme! — Quand elle est bien tordue... on la lâche, elle se déroule, et on fait tourner le... patient durant cinq à six minutes — comme qui dirait une toupie !

BEC-SALÉ

C'est pas mal inventé, ça!

GORJU

Ce n'est pas fini!.. — Une fois qu'il a bien tourné de dessus lui-même, tourné — tourneras-tu! — on le détache de la poulie, et on le couche sur le dos.

BEC-SALÉ

Sur le dos?

GORJU

Ou sur le ventre, — c'est au choix des personnes !

BEC-SALÉ

Mettons sur le dos!

GORJU

Bon! — le voilà donc sur le dos, alors on le laisse dormir en plein soleil.

BEC-SALÉ

Eh bien! quand il pleut?

GORJU, étonné.

Quand il pleut! — quand il pleut! qué' qu' vous voulez que j'y fasse?

BEC-SALÉ

Moi? — Rien du tout!

GORJU

Alors, laissez-moi donc causer! — Une fois étalé, — vous le laissez là... une bonne heure... une heure un quart si vous voulez.

BEC-SALÉ

Je n'ai pas de préférence, continuez!

GORJU

Pendant qu'il dort, vous cherchez une limace et, — autant que c'est dans vos moyens, — il faut tâcher d'en trouver une qui aurait des petites taches blanches sous l'estomac! — Vous me suivez, n'est-ce pas? ..

BEC-SALÉ

Je ne fais que ça.

GORJU

Pour lors, vous prenez votre limace et vous la faites infuser dans de l'huile de queues de cerises! — Bon! la v'la qu'infuse!.. alors pas plus de trois quarts d'heure, mettons une heure moins cinq! — Il faut, par exemple, que ce soit bouillant, — ou bien, tout est raté!

BEC-SALÉ

Convenu, — il faut que ce soit bouillant.

GORJU

Oui, — que ce soit bouillant! — Pour lors,. vous faites un petit tampon de ouate que vous imbibez de goudron! — Vous versez par-dessus votre huile de queues de cerises; — puis, vous

ouvrez délicatement le ventre de votre limace —
sans la faire souffrir cependant.

BEC-SALÉ

On peut faire faire ça par un commissionnaire,
n'est-ce pas?

GORJU

Pardi!.vous ouvrez donc le ventre de votre limace
et vous fourrez dedans votre ouate imbibée, vous
comprenez?

BEC-SALÉ

Je crois bien!

GORJU

Vous prenez alors votre limace de la main
gauche, et vous la jetez par-dessus votre épaule
dans un champ de maïs ou de colza, à votre choix!

BEC-SALÉ

Ma foi! c'est bien simple.

GORJU

N'est-ce pas? — Après ça, vous faites boire au
moribond un bon verre d'eau-de-vie de marc et...
c'est bien rare — s'il ne s'en trouve pas bien!

BEC-SALÉ, horripilé.

Il faudra me donner ça par écrit, hein ?

GORJU

Avec plaisir. (Changeant de ton,) C'est égal, je suis inquiet de mon animal de neveu ! — Tenez, monsieur... Bec-Salé, voulez-vous m'être agréable ?

BEC-SALÉ

Volontiers, — pourvu que ça ne soit pas des choses que la morale !..

GORJU

Comment ça !.. la morale ?

BEC-SALÉ

Dame, écoutez donc !..

GORJU

Laissez-moi donc — farceur ed'banlieue ! — je suis inquiet, vous dis-je, de mon animal de neveu, que le diable emporte ! et je veux aller le retrouver. — Je ne serai pas longtemps. — Pendant ce temps-là, entendez-vous avec le gargottier. — Vous savez, nous sommes vingt-sept. — Je donne trois francs

par tête, arrangez ça comme vous voudrez, je m'en
rapporte à vous !

BEC-SALÉ, avec un air de mépris.

Alors, pas de folies !

GORJU, simplement.

Non, — pas de folies ! — maintenant, si quelquefois vous pouviez vous entendre pour... comme
qui dirait... cinquante sous !..

BEC-SALÉ, même jeu.

Cinquante sous, alors avec le café !

GORJU

Oui, avec le café ! cela vaudrait mieux. — A
tout à l'heure. — (Il sort en s'écriant :) Ah ! Paola !..

SCÈNE II

BEC-SALÉ

BEC-SALÉ, regardant Gorju s'éloigner.

Grigou ! (Après un temps.) C'est égal !.. Il y en a qui
ont vraiment de la chance, — et... je suis de

ceux là, — car, il faut en convenir, j'ai de la veine!.. Pour moi, les lentilles se déguisent en truffes! Je suis distingué! — J'ai une jolie voix : pas de méthode; mais, une jolie voix! On ne peut pas le nier! — Et puis, toujours une montre! — plutôt deux qu'une!.. c'est comme ça!.. Du reste, comme dit le poëte, c'est toujours les mêmes qui lèchent l'assiette au beurre! (Il chante.) *Il faut céder à nos lois, et comment s'en défendre!* — Maintenant, occupons-nous du repas! (Il va à la porte du cabaret et appelle : Victoire!.. il lui parle et revient en scène.) Elle a compris! Et maintenant! qu'on vienne devant moi nier l'intelligence des campagnards! Elle a compris!!! cette fille d'auberge! — C'est énorme! — Je lui ai dit d'aller chercher son singe — elle va me ramener son patron! — Voilà une pintade qui est bête à faire éclater une mongolfière, eh bien!.. 'on ne sait pas... elle est fraîche, bien bâtie... des bains de son, des purgations, du cold-cream, — voilà tout de suite une femme du monde. — Il ne faut rien laisser traîner. (A Contrescarpe qui entre.) Venez donc, père Contrescarpe, nous touchons au but. — Je suis ici avec papa beau-père.

SCÈNE III

BEC-SALÉ, CONTRESCARPE, vêtu en marchand de vin, fort digne, soigneusement rasé et coiffé, faux-col et cravate blanche, pince-nez.

CONTRESCARPE

Joie et lumière ! C'est vous, monsieur Bec-Salé ! — Par le canal de ma cameriste, vous me fîtes l'insigne honneur de réclamer ma présence ?

BEC-SALÉ

Toujours le même, il m'impressionne ce phénomène ! (Haut.) Oui, monsieur, je vous ai envoyé chercher !

CONTRESCARPE

Veuillez, monsieur, me dire brièvement, succinctement, en quoi et comment je puis vous être agréable, sinon utile ! — J'ai dit succinctement, car l'aurore est déjà confondue dans l'éclatante magnificence des heures empourprées de nos beaux jours automnaux, et j'ai à mettre en flacons le suc de nos vignobles d'Argenteuil et des riants coteaux de Suresnes, tant et si bien appréciés jadis par le bon roi Henri quatrième.

BEC-SALÉ, à part.

C'est pas possible, il est fêlé ! (Haut.) Je vous ai
fait dire de venir parce que je suis chargé par un...
rural, dont je vais épouser la fille, de commander
le repas des noces ; puis, ensuite, de traiter avec
vous pour l'acquisition de votre entreprise de lapins
sautés.

CONTRESCARPE

Oui, vous m'en avez parlé ; mais, monsieur —
autant qu'il m'en souvient, — je ne vous ai pas
laissé ignorer que je ne traiterai avec vous qu'alors
que vous m'aurez payé en espèces — c'est-à-dire
en argent comptant — en pièces sonnantes et tré-
buchantes !

BEC-SALÉ

C'est convenu, mais, — procédons par ordre ! Je
suis chargé— vous disais-je— de vous commander
un repas pour trente personnes. (A part.) Quel
type !

CONTRESCARPE

Bien, monsieur, — ainsi — votre futur beau-
père vous a prié... — confié le soin d'élaborer avec
moi un... ambigu pour une assemblée... une réu-
nion de trente personnes, lesquelles doivent assis-

ter aux prémices d'une aimable union conclue entre vous, monsieur, et sa fille — son fruit savoureux ! J'ai parfaitement compris — vous le voyez, du reste ! — Votre beau-père se nomme ?..

BEC-SALÉ

Gorju !

CONTRESCARPE

Gorju, joli nom !

BEC-SALÉ, n'y tenant plus.

Zut ! (A part.) Il m'embête à la fin !— Oui ou non, voulez-vous vous charger du fricot ?

CONTRESCARPE

Monsieur, malgré la répugnance invincible que j'ai toujours eue pour les préparations culinaires entreprises dans mes cuisines — si vous saviez ce qui s'y passe !... Je...

BEC-SALÉ, l'interrompant.

Voulez-vous que je fasse un tour ?

CONTRESCARPE, l'arrêtant.

Non pas, cher maître ! — Si donc, au lieu de brouter ici — ce qu'hélas je suis bien, malgré moi,

17.

forcé de faire ! — je veux me réfecter... convena-
blement. — J'assigne, dans ce cas, un autre
endroit que mon humble réduit — à la satisfaction
de mes appétits gastronomiques !

BEC-SALÉ

Alors, chez vous, c'est de la cochonnerie ?

CONTRESCARPE

Pas tout à fait, cher maître ; seulement, je me
fais un cas de conscience de vous prévenir.

BEC-SALÉ

Voilà un singulier pistolet — il débine son
boui-boui !

CONTRESCARPE

Procédons, si tel est votre bon plaisir, à la régle-
mentation du... banquet.

BEC-SALÉ, à part.

Vrai, je ne sais plus où j'en suis ! (Haut.) Laissez-
moi faire ! — Mon paysan ne veut pas dépenser
plus de trois francs par frime !

CONTRESCARPE, corrigeant.

... par tête — *caput !*

BEC-SALÉ

Quoi ! *caput?* par tête si vous voulez, mais...
caput ! — Ménagez vos expressions, vous ne savez
pas qui je suis !..

CONTRESCARPE

En aucune manière, monsieur, je n'ai voulu
faire l'assaut de votre délicatesse.

BEC-SALÉ

Alors, soyons sérieux. (Réfléchissant.) Mettons quatre
francs par figure, — oui — mettons quatre francs,
— il faudra bien qu'il danse.

CONTRESCARPE, jouant l'étonnement.

Après le repas, bien entendu !

BEC-SALÉ

N'ayez pas d'inquiétude, il a le sac... il dansera !

CONTRESCARPE

Il doit être, cependant, d'un certain âge ! — Enfin,
— chacun ses goûts. Voulez-vous condescendre, cher
maître, à procéder à l'organisation du repas ?

BEC-SALÉ

Allons-y! faités-moi donner de la craie, et une ardoise !

CONTRESCARPE

Voilà ce que vous me demandez, là, sur cette table !

BEC-SALÉ

Bien, écrivez : d'abord, — un grog au bœuf !

CONTRESCARPE, étonné.

Un grog au bœuf?

BEC-SALÉ

Sans doute. — Ne faites donc pas l'enfant, vous voudriez peut-être me faire croire que vous ne savez pas ce que c'est qu'un bouillon... un pot-au-feu..., un consommé, comme disent les grands de la terre !

CONTRESCRAPE

Soit ! inscrivons :.. Grog au bœuf, pour... trente?

BEC-SALÉ

Pardi. — Maintenant... veau aux panais,

CONTRESCARPE

Aux panais?

BEC-SALÉ

Qu'est-ce que vous trouvez là d'extraordinaire?
vous n'avez peut-être jamais mangé de panais!

CONTRESCARPE

Continuez, monsieur, continuez. (Il écrit). — Veau
aux panais.

BEC-SALÉ

Qu'est-ce que vous diriez maintenant d'un gigot
aux musiciens?

CONTRESCARPE

Aux musiciens?

BEC-SALÉ

Oui, aux haricots, si vous voulez!

CONTRESCARPE

Moi, cher monsieur, je n'exige rien!

BEC-SALÉ

Et puis... voyons, quelque chose de gracieux,

de... délicat pour flatter nos dames !.. une idée ?..
avez-vous une idée ?

CONTRESCARPE

Monsieur, si, dans ma modestie, je pouvais participer à l'éclosion de votre pensée encore dans les
limbes, je vous signalerais les nids d'hirondelles,
comme un des mets les plus recherchés des man-
darins à boutons jaunes !..

BEC-SALÉ

Des nèfles !

CONTRESCARPE

Si vous préférez les nèfles, n'en parlons plus !

BEC-SALÉ, avec un haussement d'épaules.

Quel malheur !

CONTRESCARPE

Dans le céleste empire, les gens de qualité, les
éleveurs de cormorals, alors qu'ils font fête à leurs
alliés, leur offrent volontiers des vers-à-soie, frits
dans l'huile de ricin !

BEC-SALÉ, exaspéré.

Est-ce que tu blagues, dis donc, eh ! mastroquet ?

CONTRESCARPE

Non pas, cher maître !

BEC-SALÉ

Vous nous donnerez un joyeux marolle !

CONTRESCARPE

Pour trente ?

BEC-SALÉ

Certainement ! — et puis, trente portions de géromé pour corriger l'odeur du marolle !

CONTRESCARPE

Sagement compris, monsieur, sagement compris.

BEC-SALÉ

Ajoutons un chausson aux pruneaux, pour les... demoiselles, — et, pour nous, mettons quinze paires de chaussons !

CONTRESCARPE

Aux pruneaux !.. ne craignez-vous pas !..

BEC-SALÉ

Est-ce que nous ne sommes pas à la campagne ?

CONTRESCARPE

Vous avez réponse à tout.

BEC-SALÉ

Ainsi c'est convenu, n'est-ce pas, ma vieille branche ? (Il lui tape sur le ventre.)

CONTRESCARPE

Singulier contemporain ! —(Haut.) Oui, monsieur, c'est compris, ajouterais-je conclu ?

BEC-SALÉ

Oui ! — conclu ! prenez donc vos mesures tout de suite, car notre société doit crever de faim !

CONTRESCARPE

Je vais, monsieur, d'un pas rapide, transmettre vos ordres à mes subordonnés et en surveiller moi-même, la parfaite et ponctuelle... ponctuelle...

BEC-SALÉ

Exécution !

CONTRESCARPE

Exécution, c'est bien cela, je cherchais le mot, vous le trouvâtes ! En ce faisant, vous m'avez tiré d'un grand embarras. (Il sort solennellement.)

BEC-SALÉ

Ouf ! quelle séance. (Contrescarpe revient.) Allons , encore !..

CONTRESCARPE

N'allez pas croire, cher monsieur, qu'un seul instant, je doute de...

BEC-SALÉ

De quoi? Vous savez depuis longtemps que vous m'embêtez avec vos façons de parler ! Soyez donc clair et... dépêchons-nous !

CONTRESCARPE

Je vais être limpide.

BEC-SALÉ

Allons-y.

CONTRESCARPE

Monsieur ! — hum ! — Si jamais quelqu'un m'a inspiré de la confiance, c'est certainement bien vous ! Vos manières distinguées, votre aimable sans-façon, votre langage imagé, tout enfin, dénote chez vous l'homme de race.

BEC-SALÉ

Je n'ai jamais dit le contraire ! — J'ai été ramassé sous un étal du marché aux poissons. — Je ne renie pas mes ancêtres, faites-y attention !

CONTRESCARPE

Croyez-bien, cher maître, que...

BEC-SALÉ, l'interrompant.

Non ! mais, faites-y attention, je ne veux pas qu'on médise de ma famille ! Vous disiez donc ?..

CONTRESCARPE

Je... disais, — je prétendais dire que... quoique me trouvant suffisamment garanti par vous d'abord, monsieur, je...

BEC-SALÉ

Je ?..

CONTRESCARPE

Je ne serais, en aucune façon, contrarié d'accepter un... à-compte sur la note du banquet que vous organisez.

BEC-SALÉ

Compris ! Eh bien ! écoutez-moi : papa beau-père, — le paysan, — n'est pas là, mais il va revenir tout à l'heure et quand vous verrez son sac, vous allez vous trouver mal !

CONTRESCARPE, avec méfiance.

Ah ! — il n'est pas là ?

BEC-SALÉ

Non, mais je vous le répète, il va venir dans un moment. Il est allé reconduire et soigner son neveu qui se trouve légèrement indisposé. Soyez sans crainte !

CONTRESCARPE, changeant de ton et de manières.

Eh ! mais, dites donc — beau Narcisse... et vos sylvains, et vos naïades qui s'arrosent depuis ce matin dans mes roseaux ! — Est-ce vous ou moi qui les désaltérez ?

BEC-SALÉ

Moi ! pour quoi faire ?

CONTRESCARPE

Comment ? pour quoi faire ? — malpropre !.. — Ah ! c'est comme ça que tu comprends les choses.
(Il lui envoie un énorme coup de poing.)

BEC-SALÉ

Il lui en rend un autre ; une lutte savante et réglée s'engage.

Ah ! vermine, l'as-tu senti ?

CONTRESCARPE

Tiens !— tiens donc, Alcibiade. (Il le terrasse.)

SCÈNE IV

BEC-SALÉ, CONTRESCARPE, GORJU

BEC-SALÉ

Arrivez donc — vous, laboureur, — c'est vous
qui êtes cause de tout ça !

GORJU

C'est moi qui suis cause de quoi ?

BEC-SALÉ

Oui, parbleu ! — si, au lieu de vous cavaler les
poches pleines, vous m'aviez confié votre sac quand
vous m'avez dit de commander le fricot, — vous

m'auriez épargné la râclée que cet ancien filou vient de m'administrer.

GORJU, à Contrescarpe.

Je vois ça ! — Vous êtes comme moi, — pas confiant !

CONTRESCARPE

En effet, monsieur, — c'est même parmi mes défauts un de ceux qui se présentent le plus en relief...

GORJU

Enfin vous réclamez de l'argent, et vous n'avez encore rien fourni ?

CONTRESCARPE

Permettez !.. Et les consommations englouties depuis ce matin — sinon par vous — du moins par votre compagnie... les amis et... amies de monsieur Bec-Salé !

GORJU, étonné et regardant autour de lui.

Ous' qui sont ? Je ne les connais seulement pas !

BEC-SALÉ

Ils sont au fond du jardin, ils échangent des

18.

pensées ! — ils jouent aux boules, au tonneau ; ce sont des gens simples de goût... Et puis... enfin ! ce sont mes amis, mes invités !..

GORJU

Pourquoi ne payent-ils pas ce qu'ils doivent, vos amis ? (Avec résolution.) Ça ne me regarde pas ! (A Contrescarpe.) Arrangez-vous avec eux — ou avec mon gendre.

BEC-SALÉ

Il ne manquait plus que ça ! Est-ce nous qui marions nos filles, oui ou non ?

GORJU, il devient furieux progressivement.

Je paye le repas, c'est convenu ! — Deux francs cinquante par tête ! Mais... pour le reste... allez vous promener !

CONTRESCARPE

Permettez, monsieur, nous convînmes avec monsieur Bec-Salé du prix de quatre francs par convive.

GORJU, horripilé.

Quatre francs ! ! Bonté du ciel ! Quatre francs ! — Il n'y a rien de fait !.. Quatre francs ! ! !

CONTRESCARPE, se frappant le front.

Quelle idée ! (Il fait un signe à Bec-Salé — et, pendant que Gorju exhale ses peines, il l'entraîne dans un coin.) Vous n'en sortirez pas. Le vieux est avare et entêté comme un onagre. — Si vous voulez — nous pouvons arranger la chose : aussi bien, la fille de ce paysan ne doit pas — ne peut pas être votre affaire.

BEC-SALÉ

Vous êtes bon, vous! — Qu'est-ce que vous voulez que j'en fasse maintenant ?

CONTRESCARPE

Pardieu, c'est bien simple, rendez-la à son père. —Esbrouffez ce vieux gâteux qui n'en peut mais... et...

BEC-SALÉ, singulièrement intéressé.

Et ?

CONTRESCARPE

Et! — je vous donne ma fille, môa !.. Oui, je vous donne mon Aglaé, — au moins celle-là vous fera honneur. (Avec un geste de Robert Macaire.) Hum !.. C'est élevé au moins, ça a l'usage du monde, ça a voyagé, — ça vous a une tournure... je ne vous dis que ça !

BEC-SALÉ

Très-bien ! mais... entendons-nous un peu :
Qu'est-ce que vous me donnez pour que je vous
débarrasse de votre fille? car enfin — à ce jeu-là,
je perds six mille francs, le trousseau ! — Et le
banquet — le ban - quet!!

CONTRESCARPE

Le banquet ne sera pas perdu, il est sur le feu !
— Quant au trousseau, ma fille est montée comme
une ambassadrice, et elle a assez d'argent pour
vous habiller de la tête aux pieds ! Maintenant ! —
pour le côté sérieux, je vous associe par moitié à
mes affaires. Allons, décidez-vous et devenez mon
fils !.. Comment t'appelles-tu ?

BEC-SALÉ

Alphonse.

CONTRESCARPE

Joli nom et bien porté. Décide-toi, Alphonse. Tu
verras. Nous passerons ici des jours tissés d'or et
de soie.

BEC-SALÉ, résolûment.

Topez là! c'est convenu. Va chercher ta fille !..

Dis donc — elle n'est pas trop esquintée au moins ?

CONTRESCARPE

Tu vas voir ça, voluptueux!

BEC-SALÉ

Je voulais faire une fin... Qu'est-ce que ça me fait que ce soit l'une ou l'autre qui me tende la perche. Je l'aime déjà, sans la connaître — surtout si elle tient de toi — vieux filou !

CONTRESCARPE

Je vais lui dire de s'habiller et je reviens avec elle dans un instant. (Il sort.)

SCÈNE V

BEC-SALÉ, GORJU, puis CONTRESCARPE

BEC-SALÉ

Si je sais comment m'y prendre pour lui annoncer!.. (Il réfléchit.) C'est tout de même embarrassant et... délicat ! Enfin... brrr! allons-y carrément : —

Papa Gorju, j'ai une nouvelle à vous annoncer — une... surprise ! — D'abord, vous allez être épaté, — puis après...— Mais j'ai tort de vous prévenir— j'aurais voulu jouir de votre saisissement.

GORJU

Qu'est-ce qu'il y a encore ? — Allez ! je m'attends à tout de votre part. — Ah ! Paola !

BEC-SALÉ

Voilà ce que c'est... (A part.) Prenons-nous-y avec ménagement. — (Haut.) J'ai vraiment assez de votre fille que je considère comme une grue. — Vous même, monsieur Gorju, me dégoûtez incommensurablement. — J'ai, il est vrai, obtenu les... faveurs de Paola, — mais... vrai—trop facilement ! Aussi ça m'a fait réfléchir et—vous l'avouerai-je... je n'ai aucune confiance en elle !

GORJU, abasourdi.

Le misérable ! ! ! Ah ! mon Dieu !

BEC-SALÉ

Eh bien! qu'est-ce qui vous prend ? — C'est... tout naturel, et...

GORJU

N'approche pas, vaurien, ou je te casse ma

trique sur l'échine !.. Ah ! bon Dieu ! — Bon
Dieu ! (Il sort en trébuchant comme un égaré.)

BEC-SALÉ, enchanté.

Enlevé ! — c'est pesé !..

CONTRESCARPE, sur le seuil de la maison.

Psst ! — Viens voir mon Aglaé... (Bec-Salé se précipite
— on entend un bruit de baisers, — Contrescarpe se frotte les mains.

BEC-SALÉ, rentrant en scène ; il est dans le ravissement.

Je crois que je la connais, ton Aglaé. Elle est

encore plus gironde qu'il y a un an. — D'où vient-elle donc, la lâcheuse ?

CONTRESCARPE

De Bruxelles.

BEC-SALÉ

A-t-elle fait des affaires dans ces quartiers-là ?

CONTRESCARPE

Des affaires d'or. —D'ailleurs, où n'en ferait-elle pas ?

BEC-SALÉ

C'est vrai qu'elle frime bien !

CONTRESCARPE

N'est-ce pas ?

BEC-SALÉ

Viens m'embrasser, vieille potiche! Je la connais mieux que toi, ton Aglaé ! Ah!— quelle veine! — eh bien ! si maintenant nous allions casser la figure au festin ?

CONTRESCARPE

Tout est prêt !

BEC-SALÉ

Appelons alors les camarades qui sont là-bas, dans le jardin. — Ah ! malheur ! vont-ils être épatés ! ce changement de mariée ! — Et puis, vieux brigand, ils connaissent tous ton Aglaé !.. la mienne maintenant !..

CONTRESCARPE

Entrons nous-mêmes dans le salon et...

SCÈNE VI

BEC-SALÉ, CONTRESCARPE GORJU

GORJU

J'ai laissé ici mon parapluie, il faut qu'y se re-trouve !

CONTRESCARPE, il se jette sur lui et le pousse dehors à coups de pied.

BEC-SALÉ

Au revoir, saligot !

CONTRESCARPE

Viens, mon fils, et (s'adressant aux invités, dans la salle) disposons-nous, messieurs et mesdames, à célébrer dignement les fiançailles de Bec-Salé !

TABLE DES MATIÈRES

———

Évreux. Ch. HÉRISSEY, imp. — 578.

LE MÉLOMANE

Voyez-vous, ce qui exaspérait Vigouroux, mon inférieur et ami, qui m'a suivi dans l'infanterie;

du reste, la plus exécrable nature que j'ai rencontrée !.. c'est le succès gigantesque que j'ai toujours

9.